복행 마을
생활 수칙

복행 마을
생활 수칙

초판 1쇄 인쇄 | 2023년 12월 20일
초판 1쇄 발행 | 2023년 12월 29일

지은이 | 숫노루TV
펴낸이 | 박영욱
펴낸곳 | (주)북오션

주 소 | 서울시 마포구 월드컵로 14길 62 북오션빌딩
이메일 | bookocean@naver.com
네이버포스트 | post.naver.com/bookocean
페이스북 | facebook.com/bookocean.book
인스타그램 | instagram.com/bookocean777
유튜브 | 쏠쏠TV · 쏠쏠라이프TV
전 화 | 편집문의: 02-325-9172   영업문의: 02-322-6709
팩 스 | 02-3143-3964

출판신고번호 | 제 2007-000197호

ISBN 978-89-6799-804-2 (03810)

복행 마을
생활 수칙

숏노루TV 지음

Bookocean

본 내용에는 일본어가 상당수 등장합니다.
마지막 페이지엔 일본어 해석본이 있지만,
처음 읽을 땐 아무런 해석 없이 그냥 읽기 바랍니다.

차 례

행복은 누구에게나 허락된다.
단, 행복의 색과 맛은 절대적이지 않다.

복행 마을
생활 수칙

멍세

오늘도 이 드넓은 하늘은, 핏빛으로 붉게 물든다.

단 13분, 하루 중 유일하게 내게 심장이란 것이 뛴다는 것을 느
낄 수 있는 시간,
발아래엔 셀 수도 없을 만큼 많은 사람이
여느 때처럼 얼굴에 각자의 사연을 담은 채 걸어 다니고 있다.
부모의 손을 잡고 걸어가고 있는 저 아이는
뭐가 저렇게 좋아서 뜀박질까지 하며 웃고 있는 걸까.
전화를 받으며 해맑게 웃으며 길을 건너는 저 여자는
누구의 목소리를 듣고 있기에 저렇게 웃고 있는 걸까.

교복을 입고 다같이 어디론가 향하며 웃는 저 학생들은

친구들과 같이 있다는 사실만으로도, 저렇게 웃을 수 있는 걸까…….

하지만 저 많은 사람 중에, 나와 같은 표정을 한 이는 단 한 명도 없다.

"스으읍…….."

눈과 얼굴에 피가 몰리는 게 느껴질 정도로 숨을 가득 마신다.

그리고 몸에 힘을 빼고 참아보지만, 여전히 1분을 참지 못하고 숨을 내쉬고 만다.

"하악…… 하아…….."

그리곤 오늘도 별 소득 없이, 조심스럽게 난간에서 내려온다.

신발을 다시 신은 뒤 가방을 메고 무거운 철문을 열어 익숙한 어둠 속으로 향한다.

−끼이이익…… 쿵.

언제나 늘 어둡고, 조용하고, 적당히 습한 이곳은, 나에게 어디에서도 느끼지 못할 안락함과 편안함을 준다.

무겁고 오래된 공기는 폐 깊숙이까지 들어와 공허한 가슴을 묵직하게 채워주고, 아래로 향하는 계단들은 내가 외롭지 않게 내디딜 때마다 공명하며, 나와 발걸음을 함께 해준다.

남들에겐 이곳이 더럽고 기분 나쁜 곳일진 몰라도, 적어도 나에게는 가장 편안하고, 어울리는 공간이다. 하지만 안타깝게도 그것이 곧 끝나간다는 것을 알리는 숫자가 하나씩 줄어든다.

7 …… 5 …… 3 ……

−비상구 − 1층.

−끼이익…… 쿵.

다른 사람들이 나를 이상하게 쳐다보지 않도록 눈과 입꼬리에 적당히 힘을 주고, 허리를 펴 자세를 고친 뒤 어쩔 수 없이 집이라 불러야만 하는 곳에 가기 위해 버스 정류장으로 향한다.

'903번 버스가 곧 도착합니다.'

버스에 들어서니 앞쪽 자리엔 사람들이 모두 앉아 있어 자리가 없었고, 뒤편엔 초등학생 정도 되는 아이가 엄마와 함께 앉아 있었다.

난 가장 뒤쪽 빈자리에 앉아 가방을 내려놓은 뒤 창문에 머리를 기댔고, 버스는 곧 무거운 신음 소리를 내며 출발해 노을이 저물어 가는 곳 반대편으로 나를 실어 날랐다.

그런데 앞에 앉은 아이가 갑자기 엄마 품을 벗어나 몸을 돌리더니, 창문 밖을 뚫어져라 쳐다보기 시작했다. 입까지 벌린 채 검은색 동공을 보석처럼 반짝이고 있었고, 시선을 따라가 보니, 아이는 밖에서 음주 단속을 하는 경찰과 경찰차를 바라보고 있었다.

'경찰이 되고 싶은 건가?'

그러고 보니, 나도 어릴 땐 여느 아이들처럼 꿈이 경찰인 적이 있었다. 다른 아이들은 멋진 제복을 입은 채 경찰차를 타고 나쁜 사람들을 잡아 감옥에 가두는 상상을 하며 경찰을 꿈꿨겠지만, 난 아빠라는 사람을 감옥에 가두고 싶어 경찰을 꿈꿨다.

경찰이 되어 아빠라는 사람이 사라지면 엄마 얼굴에 흉터처럼 남아있는 하얀 눈물 자국과 불그스름한 멍도, 그리고 나의 슬픔과 불행도, 모두 거짓말처럼 사라질 것 같았으니까.

하지만 엄마란 사람은 내가 중학교 입학을 하루 앞둔 날, 언젠간 데리러 오겠다는 말도 없이, 마지막으로 나에게 남기는 편지 한 통도 없이 나를 이 지옥에 홀로 남겨두고 자기만 족쇄를 끊고 자유를 찾아 어디론가 떠나버렸다.

다음 날 난 전교생 중 유일하게 교복을 입지 않은 채 등교한 학생으로 모두의 주목을 받았고, 첫날부터 선생님과 새로 만난 아이들, 그리고 그의 부모로부터 일반적이지 않은 별종 취급을 받았다. 그 기분이 너무 불쾌해서…… 용기를 내 그날 밤, 술에 취해 쓰러져있는 하나 남은 부모를 깨워 교복 이야기를 꺼냈지만, 돌아온 것은 나와 똑같이 생겼지만 크기만 큰 주먹이었고, 얼굴엔 엄마와 똑같은 모양의 눈물 자국과 멍이 새겨지고 말았다.

그리고 그날 새벽, 난 그리운 얼굴을 밤하늘의 달에 그리며 부어오른 상처의 아픔보다 혼자 남겨졌다는 서러움에 더 아파하면서 숨죽이며 소리 없이 울었다.

그런데 갑자기 몰려온 검은 구름은 나를 말없이 바라봐주던 달빛마저 매정하게 가져가 버렸고, 그 순간 가슴 깊은 곳에서 무언가가 강렬하고 분명하게 '펑' 하는 소리와 함께 터져버렸다.

그리고 그와 동시에 불행히도, 나는 눈물을 흘리는 법과 그리운 얼굴을 잊어버리고 말았다.

그날 이후 내겐 남들은 경험하지 않아도 될 여러 종류의 불행들이 피할 수 없는 소나기처럼 하루에 몇 번씩이나 쏟아졌고, 그럴 때마다 내가 할 수 있는 거라곤 비가 그치기만을 바라며, 온몸을 내어준 채 견디는 것뿐이었다.

하지만 그 소나기는 맞을수록 빠르게 번져나가는 암세포처럼, 불행을 지극히 '평범'한 것으로 변이시키고 있었다.

"엄마! 나는 경찰이 되고 싶어!"

"정말? 훌륭한 경찰이 되어서 엄마 잘 지켜줘야 해!"

"응!"

경찰차가 더 이상 보이지 않게 되자, 그제서야 아이는 다시 엄마 품으로 돌아와 웃으며 말한다. 불과 몇 년 전까지만 해도 무언가를 상상하며, 나도 언젠간 저들처럼 미소 짓는 날이 올 것이란 생각을 했던 것 같은데……. 어느 순간부터 그것이 무엇이었는지, 이젠 기억조차 나질 않는다.

지금은 상처 하나 없는 저 아이의 얼굴과 크게 다를 것 없는 얼굴을 하고, 아무렇지 않은 척 살아가고 있지만, 난 매 순간 이 의미 없고 시답잖은 이야기를 어떻게 끝낼지만을 생각하고 있다. 하지만 이야기의 마침표를 찍으려 결심하고 펜을 들려고만 하면 설

명할 수 없는 무언가가 내 손목을 붙잡고 놔주려 하지 않는 불쾌한 기분이 든다.

나는 무엇을 망설이고 있는 걸까.

그것이 무엇인지 알 수만 있다면,

이 무의미한 시간을

미련 없이 끝낼 수 있을 텐데.

제1장

더께

: 몹시 찌든 물건에 앉은 거친 때

― 삐 삐 삐 삐 삐 삐······ 삐 삐 삐 삐 삐······.

시계는 또 7시 5분을 가리키고 있다. 분명히 7시에 알람을 맞춰
놔도 시계는 항상 7시 5분을 가리키고 있다. 시계가 고장 났을 리
없지만, 이젠 시계까지 나를 조롱하는 것 같아 늘 불쾌한 기분으로
일어난다.

방문을 열자, 주방에 이것저것 뒤섞여 쌓여있는 음식물 쓰레기
에서 풍기는 시큼한 냄새와 하루살이 몇 마리가 방으로 흘러들어
온다. 이젠 익숙해질 만도 하지만, 이것만큼은 익숙해지지 않는다.
그런데 집 안은 평범한 날들과는 다르게 고요했고, 적막이 느껴질
정도로 차분했다. 소파나 바닥에 아무렇게나 널부러져 있어야 할

아빠라는 이름의 짐승과 이 집을 모텔쯤으로 생각하는 짐승의 새로운 짝도, 어제부터 보이지 않았다.

기계적으로 세수를 하고 고등학교 때부터 입었던 옷들로 대충 갈아입은 뒤, 오늘도 전혀 써먹을 곳 없는 정보들을 머릿속에 집어넣기 위해 집을 나선다. 원래 대학 같은 건 가지 않을 생각이었지만, 고등학교 3학년 때 담임 선생님이 등록금 면제 대상이니 진학하라며, 밀어붙였던 탓에 얼떨결에 다니게 되었다. 학기 내내 나한테 관심이 없다가 본인 학급의 진학률을 높여야 자기 입지를 지킬 수 있으니 나를 위한 척한 것이겠지만, 나도 하루 종일 집에 있어 봤자 좋은 꼴은 못 볼 테니, 나가서 생각이라도 정리할 겸 다니고 있다. 이젠 정말 여름이 다가온 것인지 조금만 걸어도 등에 땀이 흐르는 것이 느껴지고, 걷다 보니 매미가 우는 소리가 들려왔다. 올해의 매미 소리는 나에게 마지막이 될 수 있을까?

멀리서 매일 타고 다니는 103번 버스가 다가온다. 문이 열리고, 모두가 찡그리고 있는 사이로 몸을 욱여넣는다. 그렇게 또 '평범한' 하루가 시작되었다.

．

．

．

그렇게 또 '평범한' 하루가 시작된 줄 알았다.

"하아……. 죄송합니다. 교수님…… 재이 씨! 잠시만요!"

강의실에 앉아 기계적으로 앞을 쳐다보며 교수의 강의를 듣고 있었는데, 학과 조교가 다급히 달려와 강의실 문을 열더니 숨까지 헐떡이며 나를 복도로 불러냈다. 그 덕에 모두의 시선이 나에게 집중되었고, 난 그 기분 나쁜 눈빛들을 피해 빠르게 복도로 향했다. 조교가 나를 불러낸 이유가 뭔지, 대충 예상은 갔다.

'보나 마나 또 그 인간이 무슨 문제를 일으킨 거겠지. 이번엔 뭐려나…….'

별로 놀랍지도 않은 일이었다.

"큰일 났어요. 재이 씨! 빨리 성심병원으로 가보세요. 부모님이 큰 교통사고를 당하셨대요. 교수님께는 제가……."

하하. 교통사고라니…… 하필 교통사고라니, 말을 듣다가 나도 모르게 콧바람과 함께 헛웃음이 났고, 조교는 그 모습을 이상하게 바라보고 있었다.

최소한 충격을 받은 모습이라도 보여줘야 했던 걸까. 난 무미 건조한 표정으로 짧게 "알겠습니다"라고 말하고, 수업이 끊기지 않도록 강의실로 다시 들어가 조심히 짐을 챙겨 나왔다.

해가 저물어 가는 낯선 시간 대에 밖으로 나와 이제껏 가보지 않은 반대 방향의 버스를 타고 병원으로 향하면서 조교가 횡설수설하며 했던 말을 되뇌여 보았다.

부모님이 차를 타고 터널을 지나다 반대편에서 달려오던 덤프 트럭과 부딪혀 사고가 났다고 한다. 상황이 너무 안 좋다고? 트럭 운전사는 괜찮은 건가? 부디 크게 다치지 않았어야 할 텐데.

문득 창문으로 타고 들어오는 노을빛이 왠지 따뜻하고 애틋하게 느껴졌다.

'뭘까…… 이 감정은.'

병원에 도착해 이름을 말하고 안내를 받은 곳은, 응급실이 아닌 병원 지하의 영안실이었다.

두 분은 이미 돌아가신 상태였고, 사인은 신체 전반에 걸친 다발성 골절, 그로 인한 내부 장기 출혈로 인해 현장에서 즉사하셨단다.

의사 선생님은 내게 시신 상태가 매우 좋지 않으니 보지 않는 것이 좋을 것이라고 말씀하셨고, 나는 오히려 보지 않게 해주신 것에 감사하며, 미련 없이 알겠다고 했다.

사고는 그 인간이 냈다고 한다. 정상 주행 중이던 트럭에 갑자기 돌진했고, 트럭 운전자는 현재 머리와 가슴을 크게 다쳐 의식을 잃고 중환자실에서 회복 중이라고 했다.

의사 선생님은 사체검안서를 작성해 줄 테니, 이후 필요한 절차들에 사용하라 하셨고, 부모님이 고의로 일으킨 사고인 만큼, 법적 절차에 따라 경찰의 소환 조사가 있을 수 있다고 했다.

'정말 마지막까지……'

그렇게 부모님이라는 현실을 뒤로한 채 원무과로 이동했다. 그러자 원무과 직원은 장례 절차가 어떻게 진행되는지, 내가 준비해야 할 것들은 무엇인지 사무적인 태도로 설명해 주었고, 난 도저히 읽을 수 없는 양의 종이들 이곳저곳에 내 이름을 적고 서명하기를 반복했다. 그리고 원무과 직원은 마지막으로 청구된 비용을 정리해 내게 내밀었다. 지금 당장 결제하기 어렵다고 하자, 그는 표정 하나 바뀌지 않으며 시신이 영안실에 있는 날마다 요금이 청구될 거라며 종이 한 장을 더 꺼내더니, 추가로 서명을 하게 했다.

어깨가 뻐근해질만큼 많은 양의 서류가 담긴 종이 가방을 건네 받고 나서야 겨우 병원을 빠져나올 수 있었다.

밖에 나와 크게 숨을 들이마시고 내쉬자 오래도록 깊게 박혀있 던 가시가 빠진 깃처럼 시원한 기분과 함께 공허함, 막막함이 동시 에 밀려왔다. 병원 앞 정류장에 잠깐 앉아 달리는 차들이 가득한 도로 위를 가만히 바라보니, 그 지긋지긋한 사람의 얼굴이 머릿속 에 그려졌다.

.

.

.

아주 어렸을 때부터 아빠 같은 어른은 절대로 되고 싶지 않다고 생각했던 것 같다. 어디에 심든 무럭무럭 자라나 반드시 절망이란 이름의 꽃을 아름답게 피어내는 불행의 씨앗 같은 사람이었기 때 문에, 그는 자기 가족들에게 조차 버림받은 존재였다. 분명히 그의 장례식도 그가 살아온 인생처럼 초라하기 그지없을 것이다. 만에 하나 오는 사람이 있더라도 나를 포함해 진심으로 슬퍼해 줄 사람도, 마지막 가는 길을 배웅해 줄 사람도 없겠지.

그런데 그런 불쾌한 존재가 분명히 이 세상에서 사라졌는데 왜 이렇게 불안하고 초조한 기분이 드는 걸까?

문득 옆에 놓인 서류들이 눈이 들어왔고, 그의 이름 바로 아래 같은 성씨의 내 이름이 쓰여 있는 것이 보였다.

"하아……. 하아……."

또…… 심장이 빨리 뛰기 시작한다. 시도 때도 없이 찾아오는 이 공황은, 그 사람이 나에게 남겨준 유일한 유산이다. 안타깝게도 난 아직도 그 사람의 그늘에서 벗어나지 못했나 보다. 천천히 의자에 누워 숨을 고르며, 가슴에 손을 얹는다.

'아직도 여기엔…… 흐르고 있구나.'

제2장

궁기(窮奇)

[7월 7일 9시 40분에 방문하였지만 부재중인 관계로…… 본인
수령…….]

[7월 9일 10시 50분에 방문하였지만 부재중인 관계로…… 본인
수령…….]

각종 법무법인과 공기관에서 보내온 내용증명을 전달하지 못했
음을 알리는 쪽지들이 비밀번호를 누르기 힘들 정도로 문 앞에 붙
어있다.

– 삑 삑 삑 삑 삑, 띠리릭.

집의 풍경은 오늘 집을 나섰을 때와 별로 달라진 것은 없었다.
썩을 대로 썩은 음식물 쓰레기에서 나는 시큼한 향기와 정돈되지 않은 살림살이들, 그리고 숨 막힐 듯 무거운 공기와 적막함까지, 너무도 완벽한 모습이었다.

손가락에 깊은 자국을 남길 만큼 무거웠던 서류들을 거실 테이블 위에 대충 올려놓고, 지칠 대로 지친 몸을 이끌고 바로 화장실로 향했다. 몸을 씻고 나와 물기도 닦지도 않은 채 바로 침대에 누우니, 오늘 나에게 일어난 일들과 만났던 사람들의 얼굴이 빠르게 스쳐 지나간다.

하지만 더 이상 아무것도 생각하고 싶지 않았다. 그냥 눈을 감고, 잠들고 싶었다.

이대로 눈을 감고, 다음이 없다면 얼마나 좋을까.

ㅡ째깍…… 째깍…… 째깍…….

ㅡ쿵쿵…… 쿵쿵…… 쿵쿵…….

심장이 미칠 듯 뛰어 잠이 들 수 없다. 머릿속엔 온갖 잡다한 생각이 들어 찼고, 내일이 다가오는 것을 부추기는 듯한 시계 소리는 나를 더욱 미치게 했다.

"에잇!!"

한주먹도 안되는 시계를 집어 들어 벽에 던지니, 시계는 짧은 단말마와 함께 자신을 구성하고 있던 부품들을 토해냈고, 그제야 조용해졌다.

'오늘 대체 무슨 일들이 벌어진 거지? 그 인간은 대체 무슨 생각으로 그 시간에 터널 같은 곳에서 사고를 일으킨 걸까? 난 내일 뭐부터 해야 하는 거지? 학교를 가야 하나? 잠깐, 내일 첫 수업이 몇 시였지?'

"하아……."

결국 잠 드는 것을 포기하고 몸을 일으켜세워 의자에 앉았다. 뭐라도 해야 힐 것 같은 강박감에, 나처럼 오래된 노트북을 켜고 한참 뒤에나 뜬 화면을 가만히 보고 있었다.

작은 방 안에선 내 숨소리와 노트북이 간혹 윙윙거리는 소리만 들릴 뿐이었지만, 어느샌가 심장이 뛰는 소리는 잦아들었고, 마음이 편해졌다.

'그래, 버틸 만큼 버틴 거야……. 더 이상 의미 없는 발버둥 치지 말고, 놓아주자…….'

모든 것을 체념하고 인터넷을 켠 뒤, 머릿속에 떠오르는 말들을 무작정 검색했다. 이 지긋지긋한 삶을 고통 없이 끝낼 수 있는 방법들. 하지만 원하는 결과는 나오지 않았고 그 대신 '당신은 소중한 사람입니다'라는 커다란 글씨와 함께, 조언과 위로랍시고 쓰인 장문의 글들이 화면을 가득 채웠다. 거기서 가장 많이 보이는 단어는, 다름 아닌 '행복'이었다. 행복, 그건 나와는 가장 어울리지 않는 단어였다.

　문득 다른 사람들은 행복이란 것을 어떻게 생각하는지, 언제 행복을 느끼는지 궁금해 '행복한 삶'이란 진부한 단어로 검색을 해봤다. 그러자 유명인들이 생각하는 행복한 삶에 대한 정의를 엮은 책들이 나오는가 하면, "자신의 삶을 있는 그대로 받아들이세요. 남을 미워하는 습관을 고치세요"와 같은 고리타분한 글들, 또는 남들에게 부러움의 시선을 받고 싶어 안달난 사람들이 '#행복한 삶'이란 해시 태그를 넣어 올린 SNS 게시물들이 뒤섞여 쏟아져 나왔다.

　그러던 중 우연히, '태어나서 처음 경험해 보는 행복한 삶'이란 제목의 글을 보게 되었고, 클릭해 보니 개인 블로그로 이동되었다.

　그 글은 5년 전, 한 시골 마을에서 사는 아주머니가 쓴 것 같았다. 가족도 없고, 가진 것도 없는 외지인인 자기를 마을 사람들이 도와주고 보살펴줘서, 이제는 마을에 완전히 정착해 제2의 인생을 살고 있다며, 가족보다 더 가족 같아진 마을 사람들에게 감사하는 내용과 자신의 소소한 일상을 담은 글들이 일기 형식으로 정성스럽게 쓰여 있었다.

　사진 같은 건 많진 않았지만, 혼자 살기에는 상당히 커 보이는 집 사진이 있었고, 누군가가 찍어준 듯 혼자 어딘가에 앉아 있는 사진들과 직접 재배했다는 농작물들 사진이 대부분이었다. 글에는 하루의 감사함과 내일에 대한 설렘으로 가득했는데, 서툰 필력에서는 순수함까지 느껴져 계속해서 다음 글을 보게 되었다. 그런데 47개의 글은 1년 동안만 쓰여 있었고, 무슨 이유에서인지, '이웃 마을'이라는 글 이후로 더 이상의 업로드는 없었다.

'무슨 일이 생긴 건가? 아니면 마을을 떠난 건가? 아니면…… 단순히 글을 쓰는 게 귀찮아진 걸까?'

나도 모르게 얼굴도 모르는 아주머니의 안부를 걱정하고 있었다. 글을 모두 읽었지만 페이지를 벗어나기에 아쉬운 마음이 들어, 게시물들을 다시 한번 찬찬히 정독했다. 그러던 중 '삶을 살아가야 하는 이유도 목적도 잃어버린 내가 살아가야만 하는 이유를 찾게 된 것이 가장 행복하다'라는 구절을 보게 됐는데, 이상하게 그 부분이 계속 머릿속에 맴돌았다.

"살아가야만 하는 이유와…… 목적…… 행복."

곰곰이 생각해 봤다. 내가 이 아주머니처럼 이를 악물고 더 살아가야 하는 이유가 있는지.

하지만 안타깝게도, 그 이유를 찾을 순 없었다.

내가 행복이란 사치스러운 옷을 입고 무언가가 변화시킨다 해도, 결국 그것은 아무런 의미 없는 공허한 변화일 테니까.

'그래서…… 어떻게 끝을 내야 하지?'

……휴.

또다시 원점으로 돌아와버린 상황에서 머리도 식힐 겸, 방문을 열고 거실로 나왔다. 영안실보다 더 음산한 분위기의 거실에서 가장 먼저 눈에 들어온 건, 언제부터 쌓인 건지도 모를 만큼 수북하게 쌓여있는 각종 청구서와 대출 상환 독촉장, 그리고 그 위로 오늘 새롭게 놓인 장례 절차와 관련된 서류들이었다. 그것들이 순간 마치 똬리를 틀고 나를 노려보며 혀를 날름거리는 커다란 뱀처럼 느껴져 구역질이 치밀어 올라왔다.

"하아…… 학……!"

겨우 진정되었던 심장이 또다시 터질 듯 뛰기 시작했고, 가슴이 답답해지면서 몸이 저렸다. 부모란 존재는 죽어서도, 있는 힘껏 내 숨통을 조르고 있었다. 방으로 돌아가 내가 가장 먼저 집은 것은 숨통을 트이게 해주는 흡입기가 아닌, 휴대폰이었다. 그리곤 아무런 계획도 없이 방금 전까지 보던 블로그에 나와 있는 연락처로 전화를 걸었다. 다리에 힘이 풀렸고, 주저앉듯 쓰러진 채 아득해지는 정신을 놓지 않으려고 안간힘을 쓰며 휴대폰이 뱉어내는 작은 소리에 온 집중을 다 했다.

– 따리리…….

신호가 가는 것을 보니 번호는 살아 있는 듯했지만 전화를 받는다면 나는 어디서부터 어떻게 이야기해야 하는 걸까, 이대로 전화를 받지 않는다면…….

눈앞은 점점 어두워졌고, 연결되지 않는 전화는 곧 끊기기 직전이었다. 그렇게 눈이 완전히 감기려는 순간, 예상했던 것과는 다른, 어떤 남자의 차분하고 두꺼운 목소리가 휴대폰 너머로 들려왔다.

"여보세요?"

그리고 바로 직전까지 죽음을 생각하던 나는 눈물과 침으로 범벅된 얼굴로, 모순된 말을 내뱉고 말았다.

"……저 좀…… 살려주세요……."

제3장

묵패

20년 넘게 나를 짓누르고 있던 허물 속에서 벗어나는 건 생각보다 너무나 쉬웠다.

사회가 나에게 당연하게 요구해오던 복잡한 조건과 절차들도, 시간과 상황이 나에게 부여한 강제적인 책임과 위치들도, 인간으로서의 최소한은 지켜야 했을 도리와 위선적인 도덕관념들도, 모든 것이 시작됐던 그 집에, 썩어가는 쓰레기들과 함께 버려두고 왔다.

물론 휴대폰도 테이블 위에 올려 두고 왔다. 어차피 휴대폰으론 이제 각종 보험사와 경찰들의 책임을 묻는 전화만 올 것이고, 혹여나 내가 있는 곳을 찾을 수 있는 수단이 될 수 있으니까. 나의 존재를 기억하는 사람도 몇 없겠지만, 있다 해도 얼마 안 가 모두 깨끗하게 잊을 것이다. 트럭 운전자가 마음에 걸리긴 하지만, 그도 나처럼 운이 없었던 것이 아닐까?

대체 얼마만의 평안이었을까? 항상 짙은 안개가 낀 것처럼 흐릿하고 복잡하던 머릿속이 비 온 뒤 맑게 갠 하늘처럼 깨끗해진 느낌이었다.

평소엔 무언가를 타고 이동할 땐 코드가 뽑힌 기계처럼 아무런 생각도 하지 않는 편이지만, 오랜만의 여유로움 덕분이었는지, 창밖의 풍경을 바라보며 이런저런 생각을 하게 됐다. 기차를 탄 지 2시간 정도가 지나자 창밖에는 높은 건물들이 사라졌고, 가끔은 징그럽다는 생각이 들 정도로 북적이는 사람들도 보이지 않게 됐다.

이제 빠르게 움직이는 기차 밖에는 끝이 보이지 않는 넓은 들판이 파노라마처럼 길게 늘어지며 빠르게 지나가고 있을 뿐이었다.

들판 위로는 생김새가 모두 다른 가지각색의 풀들이 무서울 정도로 빼곡했다. 문득 바람이 부는 방향 대로 흔들리며 자연이 주는 대로 자라다가, 어느 순간 모두 사라졌다 다시 피어나길 반복하는 이름 모를 저 무성한 '풀들의 일생'과, 삶의 목적과 목표를 모두 잃은 채 무책임하게 모든 것을 버려두고 충동적으로 도망쳐온 '나의 일생'이 겹쳐 보였다. 내 일생이 저 풀들보다 가치가 있었을까 하는 생각과 함께 깊은 회의감이 몰려왔다.

'내가 그곳에 간다고 해서 나아질 게 있을까? 그 흔한 친구라는
것 하나 없는 내가 아무런 연고도 없는 그곳에서 뭘 할 수 있을까?
그 사람들과 어울릴 수나 있을까? 그곳에서조차 도망친다면……
난, 정말 어떻게 해야 하는 걸까?'

……

평안을 깨고 머리가 다시 복잡해지는 기분이 들어 창문을 내려
가리고 똑바로 앉아 크게 숨을 내쉬었다.

'돌아갈 곳은 없어……. 마지막이야.'

이 의미 없는 삶에 왜 자꾸 미련이 남는 걸까. 인간으로 태어나
서 스스로 이뤄본 것 없이 풀만도 못한 삶을 살다가 간다는 사실이
억울하기라도 한 걸까.

"휴……."

이래서 나는 생각하는 것을 좋아하지 않는다. 어떤 생각을 하더
라도 결국은 깊은 늪으로 빠져드는 기분이 들기 때문이다.

모든 생각을 멈추려 눈을 감고 반대편으로 몸을 돌렸다. 저렴한
풋값의 기차 의자는 딱딱했지만, 그 순간만큼은 누군가의 품처럼
포근했고 따뜻했다.

– 이번 역은 우리 열차의 마지막 종착역인…….

시간이 얼마나 흘렀을까? 나도 모르게 의자에 기댄 채 잠들었고, 종착지를 알리는 기차 알림 소리에 화들짝 놀라 눈을 떴다. 주변을 둘러보니, 내가 탄 호실에는 사람들이 이미 이전 역들에서 다 내렸는지 나 말고는 아무도 남아 있지 않았다.

낡고 오래된 기차는 요란한 소리를 내며 점점 속도를 줄였고, 곧 완선히 멈춘 뒤 문이 열렸다. 난 짐이라 부르기도 뭐한, 작은 가방을 들고, 서둘러 기차에서 내렸다. 내가 있던 호실뿐만 아니라 열차 전체엔 나 말고는 아무도 없었는지, 아무리 둘러봐도 내리는 사람이 없었다.

'종점이라 그런가?'

마지막 승객인 나를 내려준 기차 또한 떠나자 큰 승강장에는 나혼자 덩그러니 남아 있었고, 역 안은 쥐 죽은 듯이 고요했다. 역내큰 시계를 보니 5시 3분, 그와 만나기로 한 약속 시간까진 한 시간정도 여유가 있었는데, 새롭고 낯선 환경에 긴장한 탓인지 목이 말라 물이 마시고 싶었다. 하지만 역내의 가게는 꽤 오래전에 폐업을했는지 먼지가 가득 쌓인 채 닫혀 있었다. 혹시 역 밖에는 가게가있을까 싶어 밖으로도 나가봤지만 편의점이나 가게 같은 건 없었다. 역 앞의 모습은 정말 지극히 평범한 시골의 모습이었다. 이곳

에서도 매미들은 얼마 남지 않은 수명을 태우며 열심히 울고 있었고, 잠자리들은 벌써 짝을 찾아 날아다니고 있었다.

맞은편엔 작고 오래된 버스 정류장이 있었는데, 남자가 말한 장소인 듯했다. 햇빛도 피할 겸 정류장에 앉아 마른침을 삼키면서 주위를 둘러보니, 해는 벌써 주변을 노란빛으로 물들이며, 저물어갈 준비를 하고 있었다.

정류장 벽면에는 한 라인밖에 없는 버스 노선표가 있었는데, 그마저도 사라지고 종점 부근은 누군가가 찢은 건지, 인위적으로 훼손되어 있었다.

'마을까지 가는 버스인가?'

후덥지근한 여름 공기와 싸우며 정류장에 앉아 있다 보니 등줄기에 땀이 흘렀고, 풀숲에서 벌레들이 우는 다양한 소리가 뒤섞여 들려왔다.

– 찌르르르 찌르르르르 찌르르르…….

– 맴 맴 맴 맴…….

– 찌륵 찌륵 찌륵.

특히 주기적인 간격으로 들리는 귀뚜라미 소리는, 이젠 얼굴조차 기억나지 않지만 아주 오래전에 갔던 할머니 집이 있던 시골을 떠올리게 하며 긴장감을 풀어주기도 했다. 그러고 보니 나에게 할머니란 존재도 있었다는 사실을 까맣게 잊고 있었다. 엄마가 집을 나가고 나서부터 친가와의 연락도 모두 끊겨 만날 수 없었기 때문이다. 아마 할머니는 이제 이 세상 사람이 아니겠지. 나를 보고 조건 없이 웃어주던 몇 안되는 사람 중 하나였는데…….

– 끽끼끽 끼리릭끽끼기끼리릭기끽.

……!?

순간 등줄기에 소름이 돋았다. 잔잔하게 울어대는 벌레 소리 사이에서, 분명 벌레가 아닌 것이 내는 기이한 소리가 뒤에서 들려왔기 때문이다.

등을 돌려 정류장 뒤 풀숲을 바라봤다. 사람 키만큼 울창하게 자란 풀들은 일관된 방향으로 흔들리고 있었지만, 바로 그 뒤 한 부분만큼은 무언가가 있는 것인지, 다른 풀들과는 전혀 다른 방향으로 움직이며 위화감을 주었다.

– 빵 빵!!

그때 멀리서 경적이 들렸고, 화들짝 놀라 소리가 난 쪽으로 시선을 돌리자 짐칸에 무언가를 가득 실은 파란색 트럭이 나를 향해 오고 있었다. 그때 뒤에서 사사삭, 하며 무언가가 풀숲에서 도망치는 듯한 소리가 났고, 곧 서늘한 위화감도 사라졌다.

'뭐였을까……?'

트럭은 내 앞에 멈춰 섰고, 곧 창문이 내려갔는데 차에는 위압감이 느껴질 만큼 커다란 풍채에, 햇빛에 많이 그을린 듯 어두운 구릿빛에 이곳저곳이 팬 피부를 가진 남자가 타고 있었다. 그는 약간의 미소를 지은 채 말없이 나를 위아래로 훑어봤고, 이내 차에 타라는 듯 턱을 끄덕였다.

– 철컥.

"……안녕…… 하세요."

움직이는 게 신기할 정도로 낡은 트럭을 몰고 온 그 남자는 내 인사에 따로 반응해 주지 않았고, 자리에 제대로 앉기도 전에 차를 출발시키는 바람에 난 보기 좋게 고꾸라지고 말았다.

남자의 배려 없는 태도에 당황했지만, 난 애써 침착한 표정으로 자세를 고쳐잡고 가방을 발밑에 내려놓은 뒤, 하얗게 때가 낀 유리창 밖으로 시선을 돌렸다. 남자는 한동안 침묵을 지키며 운전만 하더니, 갑자기 나에게 말했다.

"나는 장 씨라 부르면 돼."

"네?"

"장 씨라 부르면 된다고. 장 씨."

그는 자신을 간단하게 소개했다.

그리곤 나에게, 어쩌다 이곳으로 올 생각을 하게 됐냐는 둥 이것저것을 물어보기 시작했다.

조금 무서웠던 첫인상과는 달리, 이야기를 나누다 보니 그는 의외로 붙임성 있는 성격인 듯했다. 특이한 점이 있다면 말투라고 해야 할까, 억양이라고 해야 할까, 그게 조금 이상했다. 말 중간중간에 처음 들어보는 알아들을 수 없는 단어들을 섞어서 쓴다던가, 평범한 사람들은 잘 쓰지 않는, 아니, 아예 사용하지 않는 문장 구조로 말을 한다던가 하는 둥 말이다.

'이 지역에서만 사용하는 사투리 같은 건가?'

장 씨와 말을 섞다 보니 조금씩 긴장감이 풀리며 점점 눈에 들어오는 게 많아졌다. 특이했던 건, 그의 말투뿐만이 아니었다. 장 씨는 두께감이 어느 정도 있는 하얀 옷, 마치 도장에서 입는 도복처럼 생긴 특이한 옷을 입고 있었는데, 거기에서 뭔가 썩었을 때나 날법한 찌든 냄새가 풍겼다. 그렇다고 옷이 막 더럽다거나 그런 건 아니었지만, 의식하고 나니 코가 아플 정도였다.

'거름이라도 치우고 온 건가?'

마음 같아선 문을 조금 열고 싶었지만, 혹여나 그의 기분이 상할까 봐, 참을 수밖에 없었다. 이런 사정을 아는지 모르는지 장 씨는 마을에 대해 설명했다.

"이 마을은, 우리 같은 히닌(非人)들이…… 살기 좋은 곳이야."

무슨 뜻으로 한 말인지는 대충 이해했지만, 정확한 뜻이 궁금해서 그의 말을 무의식적으로 끊고 물었다.

"저…… 근데 히닌이 뭔가요?"

그러자 갑자기 일정한 속도를 유지하며 달리던 차가 멈추며 크게 흔들렸고, 옅은 미소를 머금고 있던 장 씨의 표정이 갑자기 아무런 감정도 읽을 수 없는 무표정으로 바뀌었다.

내가 물어봐선 안 될 거라도 물어본 걸까. 차는 잠시 후 다시 출발했지만, 그 이후로 장 씨는 나에게 더 이상 말을 걸어오지 않았다.

……

장 씨와 내가 탄 트럭은 꽤 오랜 시간 동안 산과 산을 넘어 깊은 곳으로 향했다. 어느 순간부터 차는 의자에 엉덩이를 제대로 붙이기 힘들 만큼 거친 비포장도로 위를 달리고 있었고, 장 씨는 여전히 아무런 말도 없이 운전대만을 잡고 있을 뿐이었다. 그런데 해가 저물 때가 되니 산기슭 사이에서 연기가 피어오르는 것이 보였고, 그것을 본 나는 본능적으로 느꼈다. 저곳이 이제부터 내가 살아가게 될 마을이 있는 곳이란 걸. 새로운 장소에 대한 설렘 때문인지, 아니면 두려움 때문인지, 가슴이 쿵쾅거리며 심장이 빠르게 뛰기 시작했다.

- 끼이익.

몇 시간을 운전해서 달린 장 씨는 드디어 차를 세웠다. 그런데 장 씨가 차를 세운 곳은 마을이 아니었다. 주변엔 마을은커녕 여전히 불규칙하게 자란 나무들과 끝에 무엇이 있는지 보이지 않을 정도로 길게 이어진 흙바닥뿐이었다. 주변을 이리저리 둘러보며 상황 파악을 하고 있는 내게 장 씨는 침묵을 깨고 내릴 준비를 하라고 했고, 잠깐 뜸을 들이더니 말했다.

"앞으로 우리 마을에서 다 같이 살아가려면, 반드시 숙지해야 할 것들이 몇 가지 있어. 지금부터 내가 말하는 걸 항상 기억하고 숙지해."

그리고 이후 그가 나에게 말해준 것들은 뭐랄까, 일종의 생활 수칙 같은 것이었는데, 생소한 것들이어서 모두 기억하긴 힘들었지만 대답하지 않으면 안 될 분위기였기에 일단은 잘 기억하겠다고 말할 수밖에 없었다.

"좋아, 이제 조심히 내리도록 해."

– 철컥.

좁은 차에 몇 시간이나 갇혀 있었던 탓에 몸은 너무나 찌뿌둥했고, 내리자마자 기지개를 켜야겠다고 생각하며 가방을 챙겨 차에서 내렸지만, 그럴 수 없었다. 발을 땅에 딛는 순간 숨을 쉴 수가 없었기 때문이다.

"아……! 억!!"

분명히 코와 입으로 숨을 들이마시고 있는데, 숨을 들이쉴 때마다 마치 물속에 빠진 것처럼 몸 안쪽부터 물이 차오르는 느낌이 들었다. 나는 당혹스러움을 감추지 못하고 허공에 손을 허우적거리며 코와 입을 부여잡았다. 콧구멍과 입에 손가락을 집어넣어 막혀 있는 것을 긁어 내어 보려고 안간힘을 썼지만, 이내 바닥에 쓰러지고 말았다. 그렇게 쓰러진 채 옆에 서 있는 장 씨를 향해 필사적으로 기어가며 도움을 요청했지만, 장 씨는 다시금 미소를 지은 채 우두커니 서서 위에서 아래로 나를 내려다볼 뿐이었다.

"사…… 살려주……."

무슨 일이 일어나고 있는 건지 전혀 알 수 없었지만 나는 분명히 그 자리에서 죽어가고 있었다. 점점 눈앞이 어두워지고 귀가 먹먹해지면서 의식이 사라져갔다.

"어이, 일어나!"

"……! 커헉……."

장 씨는 귀가 찢이질 만큼 큰 소리로 바로 옆에서 소리쳤고, 난 기겁하며 눈을 떴다.

"엎어져서 뭐 해. 아무리 피곤해도 바닥에 잠들어서 쓰나!"

정신을 차리니 입에서는 모래 같은 것이 씹혔고, 얼굴은 눈물과 콧물, 침으로 범벅이 되어 지저분해진 채 우스꽝스러운 자세로 엎어져 있었다. 천천히 땅을 짚고 몸을 일으켜 세워 앉아, 조심스럽게 숨을 들이쉬었다.

'내가…… 잠에 든 거라고……?'

아까처럼 익사할 것 같은 느낌은 더 이상 들지 않았지만, 여전히 눈앞은 흐렸고, 빈속이었지만 금방이라도 토할 것처럼 속에서 뭔가가 꿈틀거리며 매스꺼웠다. 내게 무슨 일이 벌어진 걸까. 정신이 조금 들어 똑바로 서 흙이 가득 묻은 옷을 털다 보니 오른쪽 손가락이 아려왔고, 자세히 보니 오른쪽 손가락의 손톱 몇 개가 들린 채 피가 고여 있었다. 아마도 아까 바닥에 쓰러져 몸부림치는 과정에서 다친 거겠지. 아픔도 잠시, 장 씨는 이해할 수 없다는 표정으로 나를 바라보고 있었다.

"아…… 아니에요. 죄송합니다. 조금 피곤했나 봐요."

장 씨는 나를 잠깐 쳐다보더니 별다른 말 없이 해가 지는 방향으로 난 길로 나를 데려갔는데, 차에서 내린 뒤에도 상당히 먼 거리를 걸어야만 했다. 걷는 내내 이 정도 거리면 차로 더 들어와도 되지 않았을까 하는 생각이 듦과 동시에, 이곳은 왜 이렇게 습할까 하는 생각이 들었다. 땅이나 나무가 비에 젖어있지도 않았고, 하늘에도 구름 한 점 없었는데, 마치 한증막에 들어온 것처럼 무더웠다.

그 때문에 몸에는 기분 나쁜 땀이 쉴 틈 없이 흘렀지만, 장 씨는 이곳의 환경에 익숙한지 엄청난 양의 땀을 흘리는 것을 제외하면 힘든 내색 없이 걸음을 재촉했다. 거의 1시간이 다 되도록 걸은 후에야 겨우 마을의 입구가 보였는데, 입구 양옆으론 거대한 울타리가 안쪽이 보이지 않을 만큼 촘촘하게 쳐져 있었다. 울타리는 통나무 하나하나를 뾰족하게 깎아 만든 것을 엮어 놓은 거라 아주 거대해 위압감이 느껴질 정도였는데, 크기도 크기지만 정말 작은 틈 하나 없이 정교하게 나무 벽을 세웠다는 사실이 너무 놀라웠다. 바깥

에서 사람이 이것을 뛰어넘어 마을로 들어온다는 것은 절대 불가능해 보였다.

장 씨는 익숙한 듯 나무 문의 걸쇠를 들어 올리고 입구를 열었는데, 입구에 들어서자 가장 먼저 보인 것은 주로 절 입구에서나 보일 법한 양쪽 간이 공간에 서 있는 큰 크기의 부처님 석상이었다. 그런데 석상의 발끝에서부터 목 바로 아래까지 새끼줄로 거칠게 칭칭 감겨 있어 뭔가 이질적인 느낌이 들었다. 석상 아래 표석엔 무언가가 새겨져 있어 자세히 보니, 그곳엔 '복행 마을(服行)'이라고 쓰여 있었다.

'마을 이름인 것 같은데……. 무슨 뜻일까?'

입구를 지나 넓은 공간에 들어서자마자 보인 것은, 세 갈래로 나누어진 길이었다. 한쪽은 나무와 풀숲이 많고 경사가 높은 오르막길이었고, 한쪽은 평지였으며, 한쪽은 벌목했는지, 흙만으로 된 내리막길이었다.

장 씨는 평지로 나를 이끌었고, 걷다 보니 몸 상태도 다행히 조금씩 좋아졌다. 조금 더 걷자 높이가 높고 마치 갓을 쓴 것처럼 생긴 빨간 기둥 문이 하나 더 나왔고, 그곳을 통과하니 그제야 마을의 전경이 눈앞에 보이기 시작했는데, 생각보다 넓은 마을의 모습에 놀랄 수밖에 없었다.

걷고 있는 길옆에는 거대하고 넓은 논이 펼쳐졌고, 그 가운데엔 강이 흐르고 있었다.

논에는 장 씨와 같은 옷을 입은 사람들이 짚으로 만든 모자를 쓰고 일을 하고 있었는데, 내가 지나가면 잠깐 쳐다보고 다시 하던 일을 할 뿐, 크게 관심을 가지는 것 같진 않았다.

한눈에 봐도 오래돼 보이는 2층 구조의 목조 집들은 마을 이곳저곳에 드문드문 세워져 있었고, 마을 중간엔 반대편으로 건너갈 수 있도록 다리가 있었는데, 반대편도 내가 서 있는 쪽과 거의 같은 형식으로 꾸려져 있었다.

처음인 만큼 마을을 조금 더 둘러보게 해주는 줄 알았지만, 장

씨는 입구에서 가장 가까운 집에 나를 데리고 들어갔다. 나 혼자 살기에는 너무 커 보이는 집이었기다. 처음엔 나 말고도 다른 사람과 같이 사는 건가 싶었지만, 집 안에선 인기척이 느껴지지 않았다.

"참으로 감사하고 복된 일이야. 이곳이 오늘부터 네가 지내게 될 집이다. 마을 입구에서도 그리 멀지 않고, 마을 전경이 훤하게 들여다 보이니 좋은 위치지. 참으로 감사하고 복된 일이지?"

장 씨는 내 뒤에 서서 등을 떠밀어 현관으로 나를 밀어 넣었다. 오래된 나무에서 나는 냄새와 쿰쿰한 곰팡내가 나긴 했지만, 기대 이상으로 관리가 잘 되어 있었고, 내부는 깨끗하게 비어 있었다.

– 스으윽.

입구에서 가장 가까운 미닫이문을 열자, 5명이 누워도 남을 만큼 큰 거실 공간이 나왔다. 거실엔 장롱, 책상과 의자, 그리고 협탁 등 기본적인 가구들이 있었고, 커다란 창문 너머로 마당과 어렴풋이 보이는 마을의 모습은, 정겨운 기분이 들게 했다. 장 씨는 마치 어린아이처럼 집 안을 둘러보고 있는 내게 작은 물통을 건네주며 말했다.

"목이 마를 테니 이것부터 마셔둬, 우리 마을에서만 마실 수 있는 거야. 남기지 말고 다 마셔."

"아…… 감사합니다! 안 그래도 목이 말랐거든요."

물통엔 물이 가득 차 찰랑거리고 있었고, 그 때문인지 생각보다 무거웠다. 갈증 때문에 물통에 있는 물을 한번에 다 마셔버렸는데, 뭐랄까, 일반적인 물이 아닌 건지 목 넘김이 느껴질 정도로 걸쭉했고, 입안에 약간 짠맛이 남았다.

"오늘은 쉬면서 짐 정리를 하고, 옷은 장롱에 있는 것을 입어. 그리고 밖에서 가져온 것들은 잘 모아서 집 밖 잘 보이는 곳에 내놔. 이제 필요 없을 테니까."

장 씨는 물통을 들여다보고 비워진 것을 확인하더니, 다시 물통을 가져가며 말했다.

"네. 알겠습니다."

거실에 가방을 내려놓고 주방으로 나와 이곳저곳 둘러보는데, 낡은 싱크대를 열어보니 냄비와 칼 그리고 간장 같은 검은 액체가 든 병들 몇 개가 있었다. 칼과 냄비는 사용하고 나서 설거지하지 않은 건지 찐득하고 검고 노란 것이 잔뜩 눌어붙은 채 좋지 못한 냄새를 풍기고 있었고, 물기가 남아있는 것들이 있어 무의식적으로 상 씨에게 질문을 했다.

"저 혹시, 이 집에 얼마 전까지 사람이 살……."

말을 다 하기도 전에, 난 스스로 말을 끊을 수밖에 없었다. 아까 장 씨가 차에서 한 말이 떠올랐기 때문이다. 긴장하며 고개를 돌리자 장 씨는 미소 대신 일그러진 표정으로, 쪼그려 앉아 있는 나를 다시 한번 멸시의 눈으로 내려다보고 있었다.

"죄송합니다…… 깜빡했어요."

잠깐의 어색한 침묵이 이어졌고, 장 씨는 크게 한숨을 쉬더니 마지 못해 대답을 해줬다.

"……당연히 사람이 살던 집이지. 이전 집주인은 나이가 많아서 다른 마을로 이주했어. 그래도 그 인간 평소에 정리정돈만큼은 잘하며 깨끗하게 살았으니, 집에 남아있는 물건들도 대부분은 그대로 써도 될 거야. 물건들은 쓰고 싶은 대로 쓰도록 하고, 혹시나 부족하거나 필요한 것들이 있다면 저녁 해가 지기 전 8시까지 종이에 적어서 문 앞에 걸어두도록 해. 만약 8시까지 못 썼다면 그다음 날 적도록 하고. 급하다고 해서 절대 다른 주민들에게 물건을 빌리거나 하는 행동은 하지 마. 다른 사람들에게 피해가 될 수 있으니까. 알겠지?"

"네. 알겠습니다."

대답을 들은 장 씨는 마음이 풀렸는지 일그러진 표정이 조금 풀렸고, 이후 삐걱대는 계단을 올라 2층으로 가더니 이불과 베개를 가지고 내려왔다. 그리곤 거실까지 직접 옮겨 바닥에 펴주며, 앞으론 이곳에서 자고, 내일 아침에 일어나는 것 잊지 말란 말을 남긴 채 집을 나서 마을 안쪽으로 사라졌다. 장 씨는 좋은 사람인 것 같았다.

해는 사라졌지만 여름이라 그런지 여전히 하늘 끄트머리는 붉은 꼬리를 길게 남기며 물들어 있었다. 낯선 공간에 혼자 남겨지니, 갑자기 공허함과 허탈함이 몰려왔다. 부모란 존재가 죽은 지 하루도 안 되었는데, 연고도 없는 곳에 난 어쩌자고 아무런 대책도 없이 도망쳐온 걸까. 나는 이제 사회적으로 실종된 사람이 되어버린 걸까? 만약 도움이 필요한 상황이 되면, 누구한테 도움을 요청해야 하지? 아까 나를 경계하듯 쳐다보던 마을 사람들의 차가운 시선이 자꾸만 생각난다. 그 눈빛의 의미는 뭐였을까. 나를 달갑지 않게 생각하는 걸까? 아무것도 하지 않았는데도 불안함 때문인지 심장이 또 빨리 뛰기 시작한다. 늘 하던 대로 심호흡하며 복잡해지는 머릿속을 비워보려 했지만, 이번엔 마음처럼 쉽게 되질 않았다.

심란한 마음을 달래기 위해 일단 뭐라도 해야겠다는 생각이 들었고, 그래도 새로 이사를 왔으니 우선 청소부터 하는 게 좋을 것 같았다. 2층으로 가는 계단 쪽에 놓여있던 청소도구를 집어 들고, 가장 넓은 거실부터 쓸기 시작했다. 거실 바닥엔 푹신한 장판 같은 것이 빈틈없이 촘촘하게 깔려있었는데, 짚 같은 것으로 만들었는지, 구수한 냄새가 났다. 처음엔 청소가 잘 되어 있다고 생각했지만 막상 청소를 시작하니 장판 사이사이에서 먼지나 이전에 살던 사람의 손톱과 발톱, 그리고 떨어져 나간 피부 조각들이 나왔다. 특히 머리카락이 끊임없이 나왔는데, 장판이 들릴 정도로 긴 거로 봐선 아마 이 집의 전주인은 여자였던 것 같다.

혼자서 넓은 거실 청소를 끝내고 나니 진이 다 빠져서 다른 곳 청소는 다음 날 하기로 하고, 자기 전에 마지막으로 짐 정리를 하기로 했다. 짐이라고 해 봐야 통화권 이탈로 뜨는 낡은 휴대폰과 노트 두 권, 볼펜, 그리고 속옷과 여벌 옷 한두 벌, 든 것 없는 지갑뿐이었지만……. 가져온 것을 그대로 가방에 두고 문을 닫으려고 했지만, 문득 아주머니가 쓴 블로그의 글이 떠올랐다. 나도 그녀처럼 간간히 일기라도 쓰면서 시간을 보내면 어떨지 싶어, 노트 한 권과 볼펜을 꺼내고 가방을 닫았다.

그리곤 가방을 우선 장롱에 넣어두려고 장롱을 열었는데…….
장롱에는 장 씨와 마을 사람들이 입고 있던 것과 똑같이 생긴 하얀 옷들이 깔끔하게 몇 벌씩이나 개어져 있었다.

'이전 사람이 입었던 걸까? 음…… 그런데 왜 들고 가진 않았지?'

그중 하나를 꺼내 몸에 가져다 대보았지만 나한테 너무 커 보였고, 무엇보다 상하의 모두 끈이 달려있어 어떻게 입는 건지 감이 오질 않았다. 하지만 그 부분은 장 씨가 내일 알려줄 것이었기에, 일단 가방을 넣고 장롱문을 닫았다.

시계는 어느새 저녁 8시를 가리키고 있었다. 해는 이제 완전히 모습을 감춰 밖은 칠흙 같이 어두웠고, 아무런 인기척도 느껴지지 않았다.

창문으로 바라본 이곳의 저녁 풍경은 뭐랄까, 고요함 그 자체였다. 마을은 넓었지만 그 흔한 가로등 하나 없어 보이는 게 전혀 없었고, 모두가 벌써 잠든 건지 불이 켜진 집도 없었다.

'시골 사람들이 일찍 잠든다는 건 알고 있었지만, 이렇게까지

일찍 자나?'

오직 하늘 위에 작게 떠 있는 달만이 은은히 푸르게 빛나고 있었지만, 이 칠흑 같은 어둠을 혼자서 밝혀내기엔 힘에 부쳐 보였다.

'나도 그냥 잠이나 자야겠다.'

마땅히 할 것도 없었기에, 장 씨가 깔아준 이불에 몸을 뉘었다. 역시나 이불에도 쿰쿰한 곰팡내와 나무 냄새가 깊게 배어 있었다. 내일은 어떤 일이 일어날까? 마을 사람들과 인사를 나누게 될까? 또 머릿속에 잡다한 생각들이 먹구름처럼 몰려왔다.

– 째깍…… 째깍…….

눈을 감고 억지로 잠들어 보려고 했지만, 점점 커지는 듯한 시계 소리 때문에 신경이 거슬려 도저히 잠들 수 없었다. 결국 자는 것을 포기하고 다시 거실 불을 켠 뒤, 아까 꺼내 둔 노트와 볼펜을 집어 들고 책상 앞에 앉았다. 일기를 써볼까 했지만, 그보단 오늘 장 씨가 내게 말해준 규칙 같은 것들을 먼저 정리해서 적어보기로 했다.

……어? 오른손으로 볼펜을 집어 드는 순간, 뭔가 이상한 일이 일어났다는 것을 알게 되었다. 분명 집에 도착하기 전 마을 입구에서 다쳤던 손가락이 멀쩡했기 때문이다. 순간, 오른쪽 손가락이 아

닌가 싶어 왼쪽 손가락도 살펴봤지만, 멀쩡한 상태였다. 생각해보
니 아까 청소할 때도 아무런 통증을 느끼지 못했다.

'……?'

정말 장 씨 말대로 차에서 내리는 그 짧은 순간에 잠들어서 꿈
이라도 꾼 걸까? 하지만 숨이 막혀왔던 그 느낌과, 손가락의 통증
은 아직도 너무 생생한데…….

펜을 내려놓고 책상 앞에 가만히 앉아 오른쪽 손과 왼쪽 손을
몇 번씩이나 번갈아 가며 만져보기도 했지만, 작은 상처도 남아있
지 않았다.

'분명히 피까지 고였었는데, 내가 너무 긴장한 탓일까? 너무 긴
장을 하다 보면 가끔씩 그 순간의 기억이 왜곡될 수도 있단 말을
어디서 들어본 것 같기도 하고. 하긴…… 그것도 그렇고, 요 며칠
간 나에게 일어난 일들이 결코 평범한 일들은 아니었으니까.'

너무나 찜찜했지만 더 이상 생각할 거리를 늘리고 싶지 않아 그
렇게 스스로 합리화하고, 내려놨던 볼펜을 다시 잡았다.

'오늘이 며칠이더라? 음…… 장 씨가 첫 번째로 말한 게 그러니
까…….'

7월 10일

첫 번째 수칙 — 장 씨 언급 사항

기상은 항상 7시 9분, 일어나면 7시 30분까지 가장 깨끗한 옷으로 환복 후 집 밖으로 나와 다리를 건너 마을 북서쪽 계곡 언덕까지 이동한 뒤 오늘 하루를 허락해 주신 웃어른분들께 감사하며 합장할 것.
또한 외출할 때를 제외하고 집에 있을 땐 모든 주민은 시간과 관계없이 항상 현관문 쪽의 등을 켜둬야 한다.

그리고…….

두 번째 수칙 — 장 씨 언급 사항(중요)

의식주에 관련된 필수적인 질문 외 주민들에게 마을에 대한 것이나, 마을에 오게 된 경위, 과거사 등을 묻지 말 것. 또한 누구든지 마을 공동체를 와해시키는 유언비어를 퍼트리는 것을 듣거나, 공동 생활 공간들을 함부로 대하는 것을 목격하거나, 또는 마을의

규율을 어기는 행동을 하는 것을 알았을 경우 반드시 수확자(장
씨) 이상의 주민에게 신고해 처벌받게 할 것. (만약 이를 묵인했다
가 뒤늦게 적발시, 공동 책임으로 간주)

……장 씨가 나에게 차에서 말해준 것은 뭐랄까, 이 마을만의
엄격한 규율 같은 것이었다. 일어나는 시간이 정해져 있고, 아침
일정이 있고. 또 일상생활 속에서 항상 주민들끼리 감시해야 한다
는 듯한 규율들. 질서를 어지럽히면 처벌한다니, 처벌이란 건 마을
에서 쫓아낸다는 의미인 걸까? 만약 그런 사람을 본다고 해도 나
와 같은 처지인 사람들일 텐데, 내가 그들을 신고할 수 있을까? 섬
뜩한 규율에 별의별 생각이 다 들었지만 어려운 환경 속에서 힘들

게 만들어진 마을이라고 하니, 그만큼 공동체 의식을 강조하는 거겠지.

'그런데 어떻게 마을에 오게 됐는지 정도의 질문도 해선 안 된다고? 그럼 새로 만나는 사람들이랑은 무슨 이야기를 해야 하는 거지?'

이해하기 어려운 규율들이 적힌 노트를 다시 한번 들여다보며 찬찬히 읽어보는데, 갑자기 온몸의 털이 서는 느낌이 들었다. 노트를 내려놓고 다시 창문 쪽으로 걸어가 서서, 밖을 내다 봤다.

'외출할 때를 제외하곤, 현관문 쪽의 등을 켜놔야 한다고?

근데 왜 다른 집들은 불이 하나도 안 들어와 있는 거지?

그렇다면 지금 모두 외출 중이란…… 말인가? 이 어둠 속에서?'

제4장

두메

: 도회에서 멀리 떨어져 사람이 많이 살지 않는 곳

― 쿵쿵쿵! 쿵쿵!!

벼락같이 문을 두드리는 소리에 정신이 바짝 들었다. 어제 책상
위에 공책을 펼쳐놓은 채, 그대로 엎드려 잠에 들어버린 듯했다.
뻐근한 목을 붙잡고 일어서니, 머리가 핑 돌며 어지러워 무릎에 손
을 대고 잠깐 숨을 골랐다.

― 쿵쿵쿵쿵!!

"네……. 일어났어요! 잠시만요."

하지만 문 앞의 누군가는 당장 열라는 듯 온 힘을 다해 문을 두
드렸고, 나는 그 소리에 불안해지며, 마음이 조급해졌다. 시계는
7시 32분을 가리키고 있었다. 원래라면 장 씨가 말한 대로 7시쯤

일어나 30분까지 옷을 갈아입고 나가 있어야 했지만, 첫날부터 늦잠을 자버리다니……. 노트와 볼펜을 대충 침구류 밑에 넣어두고, 빠르게 장롱에서 갈아입을 옷과 넣어둔 가방을 꺼냈다.

– 쾅! 철컹! 쿵!!

무거운 철 덩어리가 떨어지는 소리와 함께, 문이 열리는 소리가 현관에서 들려왔다.

'설마……?'

그리고 거친 발소리와 함께 신발도 벗지 않은 장 씨가 집 안으로 들어왔다. 그는 전날 보여줬던 온화한 얼굴 대신 핏줄이 설 정도로 붉게 달아오른 얼굴을 한 채 나를 노려보며, 성난 짐승처럼 금방이라도 달려들 것같이 거친 숨을 내쉬고 있었다.

"아, 저…… 죄송해요. 제가 느…… 늦잠을 자서요. 금방 준비를……."

살기마저 느껴지는 장 씨의 모습에 당황한 난 말이 더듬어졌고, 장롱에서 꺼낸 하얀 옷을 든 채 몸이 굳어, 조금도 움직일 수가 없었다. 바로 그때, 집 밖에서 다른 사람의 목소리가 들려왔다.

"수확자(收穫者)가 형편없으니 첫날부터 저 모양이지……."

느긋한 여유와 연륜이 느껴지는 노인의 목소리였다. 장 씨는 현관 쪽을 잠깐 쳐다보더니, 이내 화를 식히는 듯 숨을 고르기 시작했다. 같이 온 사람은 누구…….

"억!!"

– 쿵!

"저기!! 자…… 잠시만요!!"

장 씨는 멍하게 서 있는 나에게 갑자기 달려들어 한 손으로 멱살을 잡은 뒤 나를 넘어뜨렸고, 난 그의 힘이 이끄는 대로 무기력하게 넘어지고 말았다. 그리고 장 씨는 내가 입고 있는 옷을 거칠게 벗기기 시작했는데, 그 어마어마한 악력에 거의 찢겨지듯 몸에서 뜯겨 나갔다. 그리곤 뭐 하나 걸치지 못한 모습이 된 나를 일으켜 세우더니, 하얀 옷들을 하나하나 입히고 옷매무새까지 신경 써서 단정하게 각을 잡았다.

순식간에 거실은 더 이상 입을 수 없을 만큼 훼손된 옷들과 침구류, 장판들이 뒤섞인 채 엉망이 되었고, 나는 몸 이곳저곳이 쓸리고 베였는지 타오르는 통증 때문에 제대로 서 있기도 힘들었다. 옷을 다 갈아입자 장 씨는 등을 떠밀어 나를 현관 앞으로 데려갔다. 그리고는 바싹 붙어 귀에다가 작게 말했다.

"마을을 관리해주시는 어른이니 먼저 입을 열지 말고, 머리를 숙여 예를 갖춰……."

장 씨는 단순히 화가 난 것뿐만이 아니라, 나와 크게 다르지 않게 식은땀을 흘리며 극도로 긴장해 있었다. 문밖에는 예상했던 대로 나이가 많은 노인이 뒷짐을 진 채 서 있었다. 그는 탐탁지 않다는 듯한 표정으로 몇 번씩이나 나를 위아래로 훑어봤고, 나는 시선을 어디에 둬야 할지 몰라 시킨 대로 가만히 머리를 숙였다. 방금 전까지 불같이 화를 내던 장 씨도 내 옆에 서더니 그 두꺼운 손을 앞으로 차분히 모으고, 머리를 숙였다. 그런데 눈앞에선 두꺼운 천으로 감싼 뒤 끈으로 동여맨 듯한 노인의 발이 점점 가까워지고 있었다. 그리고 노인은 고개를 숙이고 있는 내 얼굴 옆에 얼굴을 가져다 대더니, 마치 냄새를 맡듯 길게…… 숨을 들이쉬었다. 코앞까지 다가온 노인에게서는 기묘한 분 냄새가 났는데, 그 냄새 속에 비릿한 냄새가 섞여 있었다. 그렇게 잠깐의 어색한 침묵이 이어졌고, 노인은 드디어 입을 열었다.

"따라오거라."

끝이 날카롭게 깎인 얇은 나무 막대기를 들고 뒷짐을 진 채 걷기 시작한 노인은 마을 북쪽의 다리를 이용해 강을 건넌 뒤, 마을 밖으로 향하는 숲길로 나와 장 씨를 데려갔다. 길을 걸으며 마주친 마을 사람들은 노인을 보고 모두 예상치 못한 어른을 만난 것처럼 화들짝 놀라며 하던 일을 즉시 멈추고 말없이 머리를 숙였다. 사람들의 반응을 보니 마을에 자주 나타나는 분은 아닌 듯했다. 노인은 장 씨와 같은 하얀 옷을 입고 있었지만 훨씬 깨끗했고 옷깃에 꽃과 새 모양이 새겨져 있는 등 조금 달랐다. 그리고 독특한 머리를 하고 있었는데, 머리의 절반은 깨끗하게 민 상태로, 뒷머리는 동그랗게 말아 올린 형태였다. 분명히 저런 형태의 머리를 본 적이 있었던 것 같은데, 어디서 봤는지 기억이 나질 않았다.

마을에서 가장 먼 집을 지나자 울창한 숲길이 나왔다. 노인은 숲길로 들어서자, 불경인지 알아들을 수 없는 단어들에 음(音)을 넣어 끊임없이 중얼거리기 시작했다.

"루바아티 마우만…… 루바아티 마우만……."

숲길은 점점 험해졌지만 앞서가는 노인은 흔들리거나 지치는 기색이 없었다. 하지만 뒤에선 점점 거칠어지는 장 씨의 숨소리가 들려왔고, 눈을 돌려 뒤를 힐끔 쳐다봤는데 깜짝 놀라 발을 헛디뎌 넘어질 뻔했다. 집에서 그의 얼굴이 유독 빨갛게 보였던 이유는, 다름 아닌 상처 때문이었다. 마치 회초리 같은 것으로 맞아 생긴 듯한 여러 개의 상처. 그중 오른쪽 볼부터 목까지 길게 이어진 크고 깊게 팬 상처에선 피가 흐르고 있었다. 그리고 그곳에서 흘러나온 피는 땀과 섞여 흘러 하얀 옷을 점점 붉게 물들이고 있었다. 장 씨는 노인이 들고 있는 막대기로 맞은 걸까. 내가 늦게 일어났다는 이유로…….

"어이!"

앞서가던 노인이 갑자기 걸음을 멈추더니, 나를 불러 세웠다.

"네!"

잔뜩 긴장한 채 노인을 쳐다보니, 그는 손가락으로 길옆에 나무들이 가득한 곳을 가리켰다. 그가 가리킨 곳엔 하반신이 없는 사람이 팔을 벌린 채 고개를 떨구고 있는 것처럼 생긴 흉흉한 모습의 허수아비가 서 있었다.

"이 마을은 워낙 오래된 곳이라, '옛 분'들이 여전히 많이 계시고, 그분들을 낮은 곳에서 받치는 '아랫것'들 또한 많이 있지. 마을 곳곳에 세워져 있거나 묻혀있는 것들을 함부로 만지거나 파내지 마라. 아무리 아랫것들이라 해도 자기 자리를 어지르면 일어나서 화를 낼 테니, 귀찮을 일을 만들지 마."

그것은 내가 기억해야 될 이 마을의 세 번째 수칙이었다. 하지만 무슨 소리를 하는 건지 도무지 이해할 수가 없었다. '옛 분'들은 뭐고, '아랫것'들은 또 뭘 뜻하는 걸까. 그 뜻을 추측조차 할 수 없었지만, 노인이 풍기는 분위기와 차가운 눈빛에 위축되어 우선 알겠다고 대답했다. 조금 더 걷자 상당히 높은 언덕이 나오더니, 멀

리서 어렴풋이 물이 떨어지는 소리가 들려왔다. 그리고 건조했던 공기에서 축축하고 끈적이는 습기가 느껴졌고, 더운 바람이 불어왔다. 분명 이 언덕 너머엔 계곡이 있는 듯했다. 우린 잠시 뒤 뜻을 알 수 없는 붉은 글자가 쓰여 있는 거대한 출입문에 다다랐는데, 문은 쇠사슬로 묶인 채 굳게 닫혀 있었다.

노인은 닫힌 문 앞에서 걸음을 멈추고 크게 숨을 들이마시고 문에 한 손과 머리를 가져다 대더니 이내 합장하고, 들리지 않을 정도로 작게 중얼거리며 기도하기 시작했다. 옆을 보니 장 씨 역시 아주 평안한 표정으로 합장하고 있었는데, 순간 장 씨가 어제 말한 첫 번째 규칙, 오늘 하루를 허락해 주신 웃어른 분들께 기도를 드려야 한다던 게 떠올라 나도 손을 모으고 그들처럼 기도했다. 하지만 머릿속엔 온통 의문만 가득할 뿐이었다. 이 행위가 어떤 의미를 가지는지, 웃어른은 누구를 지칭하는 것인지, 그리고 그들에게 인사를 드리는 곳이 왜 이런 문 앞인지 등등.

경건한 자세로 꽤 오랜 시간 동안 기도하던 노인은 등을 돌린 채 권위적인 말투로 "내려가라"고 말했고, 장 씨는 말없이 나를 데리고 왔던 길로 다시 발걸음을 옮겼다. 그런데 갑자기 뒤에서 물고기가 썩을 때나 날법한 끔찍한 냄새가 풍기며 코를 찔렀다. 고개를 돌려 뒤를 쳐다봤지만, 노인은 그새 어디로 간 건지 이미 냄새와 함께 사라지고 없었다. 이상한 일이었다.

숲길 언덕에서 집까지 오는 내내 묘한 긴장감이 흘렀다. 피를 흘리고 있던 장 씨가 걱정이 되었지만, 차마 먼저 이야기를 꺼낼 용기가 나지 않았다.

'아직도 화가 많이 나 있으시겠지…….'

하지만 장 씨에게 제대로 사과해야겠다고 생각했고, 집 앞에 도착했을 때 말을 걸었다.

"저…… 오늘 늦게 일어나서 정말 죄송……."

"내일은 꼭! 정시에 집 앞으로 나와 있도록 해! 고생 많았어. 당분간 아침마다 계곡에 가서 인사드리는 게 힘들긴 하겠지만, 조금만 참도록 해."

단단히 화가 나있을 것이라 생각했던 것과는 달리 장 씨는 아무일도 없었다는 듯 환하게 웃으며 말했다.

"이제 먹을 걸 가져다 줄 테니, 그동안 좀 쉬고 있어. 그리고 며칠 뒤부터는 너도 마을 사람들과 함께 일을 해야 할 거야. 어떤 일을 하게 될지는 아직 모르지만, 때가 되면 알려주지."

"아, 네. 알겠습니다."

장 씨는 대답이 끝나기 무섭게 저녁에 물과 음식을 가지고 다시오겠다는 말을 남기고 돌아갔다.

'당최 성격을 가늠할 수가 없네. 아침에 그렇게 화를 내놓고……."

장 씨가 멀어지는 것을 보고 집으로 들어가려다 잠깐 걸음을 멈추고 그가 사라진 곳으로 시선을 돌렸다. 그리곤 어제 느꼈던 것과 비슷한 싸늘한 기운이 등에서부터 시작해 얼굴까지 타고 올라오는 것을 느꼈다. 내가 틀린 것이 아니었다.

'상처가 없어.'

계곡에 도착했을 때까지만 해도 선명하게 남아있던 장 씨 얼굴의 긴 상처가 방금 이야기를 나눌 땐 사라지고 없었다. 이번엔 착각을 했다거나, 잘못 본 게 절대 아니다. 나는 가만히 오른손을 내려다보았다. 대체, 무슨 일이 일어나고 있는 거지?

- 끼익.

문을 열고 집으로 들어오자 가장 먼저 보인 것은, 현관에 누군 가가 가져다 놓은 낯선 모양의 신발이었다. 끈과 나무로 만든 간단 한 구조의 신발.

'문도 잠그지 않고 나갔었구나. 누가 다녀간 걸까?'

그런데 그 누군가는 신발만 놓고 간 것이 아니었다. 아침에 어 질러졌던 거실은 아무 일도 없었다는 듯 깨끗하게 정리정돈되어 있었고, 밖에서 입고 온 옷과 가방은 사라진 상태였다. 그런데 이 상하게도 어제 사용한 노트와 볼펜은 침구류 아래 그대로 있었다. 일기 정도는 써도 된다는 걸까?

장 씨는 몇 시간 뒤, 그새 무슨 일이 있었는지, 탐탁지 않은 표 정을 한 채 집으로 찾아왔고, 마을을 가로지르는 강에서 건져 올린 살이 터질 듯 오른 물고기 두 마리와, 쌀, 그리고 서쪽 마을에서 가 져온 고기 한덩이, 소금을 가져다주곤 말없이 돌아갔다. 밥을 하는 건 항상 내 몫이었기 때문에 요리하는 데 큰 어려움은 없었지만, 환 경이 달라져서 그런지 밥맛이 이전과는 전혀 다르게 느껴졌다.

제 5장

이징(異徵)
: 이상하고 괴이한 징조

8월 27일 날씨: 맑음

이틀 전엔 미루고 미루던 2층을 청소했는데, 곳곳에 먼지가 가득 쌓여 있어 하루 종일 청소를 해야만 했다. 주로 1층에서만 생활을 했기에 2층은 전혀 건드리지 않았는데, 조금씩 청소 정도는 해 둘 걸 그랬다는 생각이 들었다. 그래도 청소는 하루 만에 끝낼 수 있었는데, 2층에는 이전 사람의 흔적이 곳곳에 남아 있었다. 그런데 이전 사람은 나와 반대로, 1층이 아닌 2층에서 주로 생활을 한 듯했다. 주방에서 사용되는 물건들이 있는가 하면, 해를 싫어했는지 2층 창문에는 모두 종이를 여러 겹 붙여 들어오는 빛을 막고 있었다. 그리고 장롱을 열었을 땐 조금 놀랐다. 2구역으로 나뉘어 있는 장롱엔 머리카락을 자를 때 쓰던 가위와 함께 잘린 긴 머리카락이 위쪽 칸 구석에 있었고, 베개와 이불은 아래 칸에 깔려 있었다. 이전 사람은 이곳에서 잠을 자기라도 한 걸까? 장롱 벽면에는 연속된 자음으로 무언가가 가득 쓰여 있었는데, 대부분은 알아볼 수 없었지만 또렷하게 적혀있는 것들도 있어 적어 보았다.

'ㄴㄹㄱㅅㅎㅅㅂㄱㅇㄷ' 'ㄴㄹㄱㅅㅎㅅㄱㅅㅎㄱㅇㄷ' 'ㅂㅇㄱㄴ ㅇㄱㄱㅅㅎㅅㄴㄹㄱㅅㅎㄱㅇㄷ'

'ㅇㄱㅇㄷㅇㅇㅅㄹㅇㅈㄸㅅㄴㄱㅅㅇㄷ' 'ㄱㄷㅇㅁㄷㄱㅁㅇ ㄷ' 'ㄴㄴㄱㅈㄴㄷ'

2층을 모두 청소하기는 했지만, 흘러 들어오는 바람 소리가 유독 2층에서만 음산하게 울리는 듯하다. 앞으로도 특별한 일이 있지 않은 이상 2층으로는 올라오지 않을 것 같다.

9월 3일 날씨: 비

이 마을에 정착한 뒤, 얼마의 시간이 흐른 걸까? 결코 적지 않은 시간이 흘렀다. 이곳의 날짜와 시간 개념은 아직도 너무나 헷갈린다. 어떠한 규칙 같은 것이 있는데, 그 누구도 알려주지 않아 아직은 알려주는 대로 표기하고 있다. 그동안 이런저런 일들이 너무나 많았다. 아직도 이곳의 먹거리는 입에 맞지 않지만 여전히 노력하며 적응해 나가는 중이고, 마을 사람들도 한 명씩 느리지만 천천히 알아가는 중이다. 대부분은 모두 과묵한 편이라 먼저 말을 걸어오진 않고, 여전히 나를 경계하는 눈빛으로 바라보곤 한다.

오늘은 비가 내렸다. 이곳에선 보통 비가 오지 않지만, 꼭 와야 할 때면 끈적끈적하고 느린 비가 내린다. 비가 내리고서야 뒤늦게 알게 된 것들이 몇 가지 있는데, 우선 이곳은 너무나 조용하다는 것이다. 조용하다는 것은 여러 가지 의미가 있지만, 정말로 이곳은 고요함을 넘어 적막하기까지 하다. 물론 내가 시끄럽거나 누군가의 참견을 바라는 건 절대 아니지만, 이곳은 일과 시간이 끝나면 주민들끼리 어떠한 교류를 한다거나 하는 일 없이 모두 각자의 집에 들어가 버리기 때문에, 사람들의 대화 소리도 들려오질 않는다. 뿐만 아니라 어릴 적 할머니 집이 있던 시골에 가면 흔하게 들을 수 있었던 아니, 이맘때쯤이면 도심에서도 어렵지 않게 들을 수 있었던 귀뚜라미 소리나 매미 소리도, 아침마다 지저귀는 새나 낯선 사람을 향해 짖는 개나 고양이 같은 동물들이 내는 소리도 이 마을에 온 뒤로 들은 적이 없다. 유일하게 가끔 늦은 밤, 집 주변을 뭔가가 기어다니는 소리가 나긴 하지만, 그것은 절대 짐승 같은 것이 내는 게 아니기 때문에 조금 무서울 때가 있다.

9월 15일 날씨: 맑음

오늘은 하기 씨와 함께 텃밭을 바꾸며 시간을 보냈다. 하기 씨는 오른쪽 다리에 큰 흉터가 있어, 거동이 불편한 어르신이다. 항상 지팡이를 들고 다니시고, 이 마을에 온 지는 정확히 기억이 안 날 정도로 오래되었다고 한다. 다른 사람들처럼 말이 많이 없는 편이지만, 그래도 내가 이곳의 일을 배우면서 처음으로 대화를 나눈 주민이다. 일을 마치고 쉬면서 하기 씨와 나는 집과 관련된 이야기를 나눴는데, 우리 마을은 마을에서 일정 시간 이상을 살았거나, 누군가가 마을을 떠나거나, 죽거나, 맡은 일이 바뀌거나 하는 등의 구조적인 변화가 생겼을 경우 집을 옮겨야 하는 경우가 있다고 한다. 하기 씨는 현재 머무는 집이 벌써 다섯 번째라고 했다. 이어서 집의 구조에 대한 이야기를 하던 중 이런 이야기를 들려주기도 했다.

네 번째 수칙 — 후쿠라 하기 씨 언급 사항

우리 마을의 각 집에는 '아래로' 내려가는 입구와 계단이 있다고 한다. 하지만 이곳은 항상 잠겨 있고, 손잡이도 없어 열 수도 없으니 우연히 발견하더라도 그곳을 절대 열어선 안된다고 했다. 그래서 내가 혹시 그곳에 뭔가가 있어서 그런 거냐고 하자, 하기 씨는 어색하게 말을 얼버무리며 그냥 그런 사실이 있다고만 할 뿐, 더 이상의 말은 삼갔다. 하기 씨는 그 아래 무엇이 있는지를, 분명 알고 있는 눈치였다.

우리 집 같은 경우 거실, 내가 잠드는 침구류 바로 아래에 내려가는 입구가 있는 듯했다. 의식하며 발뒤꿈치로 소리 내어 걸어보니 침구류 아래만 다른 바닥들과는 다르게 소리가 울렸기 때문이다. 호기심에 장판을 벗겨내고 실제로 그런 곳이 있는지 확인해 볼

까도 생각해 봤지만, 순간 하기 씨의 표정이 떠오르며 겁이 나 그러진 못했다. 집마다 이런 공간들이 있다니…… 무슨 이유로 만들어진 걸까?

9월 25일 날씨: 맑음

코츠 씨는 40대 정도로 돼 보이는 나이에, 덩치는 크지만 야위었고 허리가 굽어 움츠러든 자세로 다니며, 숨을 쉬는 것에 어려움이 있는 분이다. 허리를 펴지 못하기 때문에 야외에서 하는 일이나 강도 높은 노동력이 필요한 일은 못 하지만, 대신 일주일마다 작은 수레를 끌고 마을을 돌아다니면서 주민들에게 먹을 것들을 배분하는 중요한 일을 한다.

각자가 하는 일에 관여하는 것은 옳지 않지만, 내가 사는 집은 하기 씨가 가장 나중에 방문하기 때문에 우리 집에 올 때쯤이면 불편한 몸으로 마을 전체를 돌아다니느라 탈진한 하기 씨가, 초점이 흔들리는 상태로 수레를 끌고 온다. 그래서 혹여나 쓰러질까, 일찌감치 내가 먼저 나가 같이 수레를 끌어오곤 하는데, 그러다 보니 코츠 씨와도 자연스럽게 이야기하게 되었고, 지금은 마을 사람들 중에서 가장 편한 관계가 되었다.

역시나 자세히 말해주진 않았지만, 하기 씨가 이렇게 죽도록 열심히 일하는 이유는, 우리 마을에선 일을 못하면 서쪽 언덕 너머에 있는 다른 마을로 이주해야 하기 때문이라고 했다. 그곳은 더 이상 일할 수 없는 노인이나 병자들이 모여 있는 곳인데, 그곳에선 끔찍한 일들이 일어나고 있다며, 혀를 내둘렀다. 가끔 하기 씨는 식량을 받아오기 위해 서쪽 언덕을 넘어가곤 하는데, 그때 우연히 그 마을을 보게 되신 거겠지. 그런데 끔찍한 일이라니, 무슨⋯⋯.

코츠 씨는 이 마을로 오기 전 몸에 종양이 생겨 시한부 판정을 받았고 어떤 일에 휘말려 사람들에게 쫓기는 신세였다고 한다. 그런데 이 마을에 오고 난 뒤 몸이 깨끗하게 나았다면서 힘겹게 웃곤 하는데 기이하다 싶을 정도로 굽은 허리와 심각하게 야윈 몸, 그리고 쇳소리가 나는 목소리로 건강해졌다고 말하는 그를 보며, 왠지 불안한 생각이 들었다. 코츠 씨는 평생 이 마을에서 살며, 자신에게 새 생명을 준 웃어른들께 어떠한 방식으로든 보답하고 싶다고 했다. 어젠 코츠 씨가 자기가 알고 있는 이야기를 하나 해주었다.

다섯 번째 수칙 — 로 코츠 씨 언급 사항

도시에서 사는 사람들이 불임이나 암같이 치료하기 힘든 질병이 생기는 이유는, 풍수지리에 맞지 않는 곳에서 잠을 자기 때문이라고 했다. 풍수지리에 맞지 않는 위치에서 잠을 자게 되면 되면 남자는 양기가, 여자는 음기가 몸에서 빠져나가게 되고 자신을 지킬 수 있는 기운들이 빠져나가면 그 빈자리엔 배고픈 귀신들이 비집고 들어와 몸속 가장 깊고 약한 곳부터 난도질하듯 뜯어 먹어 고름과 염증을 일으키기 때문이라고 한다. 하지만 우리 마을엔 웃어른의 뜻에 따라 각 집마다 빠져나가버린 기를 채워주는 존재가 담긴 항아리가 '아래'에 있어 감히 잡귀들이 다가올 수 없고, 건강을 유지할 수 있는 거라고 했다. 또한 항아리는 꿈을 먹으며 자라기 때문에 우리는 쓸데없는 꿈 같은 건 꾸지 않을 수 있고, 깊게 잠들 수 있는 것이라 한다. 그래서 정해진 자리에서 잠에 드는 것이 중요하다고 했다.

코츠 씨에게 그런 사실을 어떻게 알고 있냐고 물어보려고 했지만, 멀리서 다른 주민이 다가오는 게 보여 묻진 못했다. 아래라는 건, 저번에 하기 씨가 말한 아래 공간을 말하는 걸까? 아래엔 항아리가 있다고? 코츠 씨는 항아리의 존재를 어떻게 알고 있는 걸까? 잠깐, 정해진 자리라니. 그렇다면 첫날 장 씨가 그 장소에 이불을 깔아준 건, 우연이 아니란 건가?

8월 27일 날씨: 맑음

ㄷㅁㅊㅇㅎ

9월 31일 날씨: 맑음

해가 저물어 갈 때쯤 장 씨가 집으로 찾아왔다. 아침이 아닌 저녁 시간에 온 건 처음이라, 조금 당황스러웠다. 장 씨는 집엔 들어오지 않고 마루에 앉더니 새삼스레 요즘 어떻게 살고 있냐고 안부를 물어왔다. 그래서 일하는 시간 외엔 텃밭을 가꾸며 시간을 보내고 있고, 마을 사람들이 여러 방면으로 많이 도와줘서 딱히 힘든 일은 없다고 했다. 그리고 덧붙여 장 씨에게도 덕분에 빨리 마을에 적응할 수 있었다고, 신경 써줘서 감사하다고 했다. 장 씨는 말을 듣던 도중 갑자기 말을 끊더니 내 눈을 똑바로 쳐다보며, 요즘 마을 사람들과 만나 무슨 이야기를 그렇게 나누냐고 물었다. 예상치 못한 질문에 당황한 난 바로 대답하지 못했고, 약간 뜸을 들인 후 특별할 것 없이 일상적인 대화를 한다고 했는데, 장 씨는 길게 미소를 지으며 말했다.

"입을 벌리면 벌릴수록 침방울도 많이 튀는 법이야."

그리고 나서 장 씨는 조용히 자리에서 일어나 돌아갔다. 내가 마을 사람들과 이야기를 하고 있는 걸 본 걸까. 분명 주변에 아무도 없는 걸 확인하고 이야기 한 건데, 아니면 누군가가 장 씨에게 전해준 것일지도 모른다.

'누굴까?'

가끔 감정을 읽을 수 없는 장 씨의 은은한 미소가 너무 두렵다. 이 노트를, 절대 장 씨에게 들켜선 안 될 것 같다.

8월 27일 날씨: 맑음

어제 노을이 질 때 자세히 보니 강 다리 아래 그늘진 곳에 항아리처럼 생긴 디딤돌들이 오순도순 모여있었다. 오늘도 가 봐야겠다.

10월 1일 날씨: 맑음

혹시나 하는 마음에 한동안 일기를 쓰지 못했다. 정확히 얼마만인지도 모르겠다. 두 달…… 즘인가. 이젠 이곳의 먹거리도, 규율에 맞게 움직이는 생활도 완전히 몸이 적응했지만, 육체적인 힘이 필요한 일들은 여전히 나에겐 너무나 버겁기만 하다. 그래서 지금은 나와 같은 처지인 무네 씨와 함께 일한다. 무네 씨는 젊고 호전적인 성격에 힘이 좋은 사람이지만, 최근에 다른 한쪽 가슴에 생긴 짓무른 상처 때문에 할 수 있는 일이 많지 않다. 그래서 나와 무네 씨는 아침엔 일손이 필요한 곳에 가서 일을 하고, 저녁엔 주기적으로 계곡에서 내려와 강에 떠오르는 망자들을 수습해 땅에 묻는 일을 한다.

망자들은 대부분 나이가 들어 늙거나 병들어 자연사해 속이 비워진 시신, 노동력을 상실한 자의 시신, 분란을 일으킨 사람에게 무라하치부가 내려져 흉흉한 모습으로 떠오르는 시신들이다. 처음엔 구역질이 나올 만큼 역겨웠지만, 지금은 아무런 생각도 들지 않는다. 그리고 가끔 계곡에선, 누군가의 장난으로 만들어진 듯한 불경한 것들이 떠내려올 때가 있는데, 그것에 대해선 별로 말하고 싶지 않다.

무네 씨는 마을의 규율을 자기 목숨보다 더 소중히 생각하는 사람 중 한 명이다. 그래서 사명을 다한 뒤 죽은 속이 빈 망자의 경우 합장을 하고 염을 하기도 하지만, 그 외의 경우엔 험상궂은 욕을 하며 거칠게 다뤄 망자의 사지가 떨어져 나가기도 한다.

무네 씨가 말하길, 마을에선 죽음으로 비워진 자리는 즉시 73명이 되도록 채워진다고 한다. 하지만 내가 여기서 만난 사람들은 기껏해야 20명 남짓이고 강 건너의 집들을 세어봐도 50명이 채 되질 않는다. 그렇다면 나머지 사람들은 대체 어디에 있는 걸까?

10월 11일 날씨: 맑음

며칠 전 일을 하던 중 당분간 먹을 것은 마을 회관에서 직접 찾아가야 한다고 장 씨가 알려줬다. 매일 수레로 식사 배분을 해주시던 코츠 씨가 부재중이기 때문이다. 장 씨가 이야기해주기 전날부터 코츠 씨가 마을에서 보이질 않았는데, 일을 하다가 결국 쓰러지기라도 한 걸까. 눈빛은 공허하지만 눈 만큼은 웃고 있던 코츠 씨의 얼굴이 떠오른다.

한동안 코츠 씨의 집을 지켜봤지만 인기척이 전혀 느껴지지 않았고, 현관의 등 또한 들어오지 않는 걸 보니 확실히 그는 마을에서 사라진 듯했다. 하지만 마을 사람 중 그 누구도 일과 후 서쪽 언덕배기에 있는 마을 회관까지 다녀와야 하는 수고에 불만을 토로하지 않았고, 코츠 씨에 대한 이야기를 하지 않는다.

10월 17일 날씨: 맑음

여섯 번째 수칙 — 무네 씨 언급 사항

무분별한 생식은 절제되지 못한 삶을 투영하는 것이므로……

················/ ······················/··················/ ·················

··································/ ································

··························/ ·································

··································· (찢겨져 손상됨)

왜냐하면 난 아직 경험이 없을뿐더러, 이 마을에선 여자와 아이들을 본 적이 없기 때문이다. 하지만 조심해서 나쁠 것은 없겠지. 무네 씨의 눈빛은 불안하게 떨리고 있었다.

10월 31일 날씨: 비

오늘은 다이묘께서 천생아 9명을 출산하셨다는 소식이 들려왔다. 그 때문에 오늘은 나를 포함한 마을 사람들 모두가 아무런 일도 하지 않았고, 집 밖에 나가지도 않았다.

다이묘는 웃어른 중에서도 위치가 높으신 분을 지칭하는 듯하다. 처음엔 웃어른이 옛날에 이 마을을 세우시고 이제는 작고하신

어른을 뜻하는 줄 알았는데, 오늘처럼 소식이 들려오는 걸 보면 여전히 웃어른께선 마을 어딘가에서 분명히 살아계신 듯하다. 혹은 그분들의 자손이시거나. 무네 씨는 항상 일을 마치면 무릎을 꿇고 웃어른께 감사 기도를 올리곤 하는데, 마을 사람들 중 몇몇은 실제로 웃어른을 뵌 적이 있는 눈치다.

오늘의 하늘은 해가 뜨진 않았지만 유난히 붉었고, 정말 오랜만에 비가 내렸다. 오후가 되니 마을엔 발이 많은 사람이 코츠 씨의 낡은 수레를 끌고 와 낯선 모양의 고기를 나눠주고 갔다. 고기가 얼마나 신선한지, 살코기와 뼈에선 아직도 붉은 핏기가 돌고 있었다. 고기의 맛은 소고기 같기도 하고, 돼지고기 같기도 하고, 닭고기 오리고기 같기도 했다. 고기를 먹다 보니 가장 먼저 느껴진 것은 허기가 채워짐에서 오는 만족감과 행복이었고, 그다음으론 출처 모를 그리움에서 차오르는 슬픔이었다.

제6장

멍에

: 수레나 쟁기를 끌기 위하여 마소의 목에 얹는 구부러진 막대.
쉽게 벗어날 수 없는 구속이나 억압을 비유적으로 이르는 말

10월 47일 날씨: 맑음

어제 일을 하다가 발을 헛딛는 바람에, 발이 꺾이면서 신발이
망가지고 말았다. 그래서 오늘 신발을 만드는 카타메 씨를 찾아갔
다. 카타메 씨는 다리 아래에서 마을 사람들의 신발과 작은 소도구
들을 만드는 일을 하는 젊은 사람이다. 그는 한쪽 눈이 없지만 손
재주가 좋다. 마을에서 없어선 안 될 존재이지만, 마을 사람들은
카타메 씨를 찾아가는 걸 좋아하진 않는다. 오전에 다리 밑을 찾아
갔지만 카타메 씨가 보이질 않아 오후에 다시 방문했는데 그는 마
침 바닥에 앉아 나무판을 깎으며, 신발을 만들고 있었다. 내가 인

사를 하고 신발이 필요해서 왔다고 하자, 장발의 카타메 씨는 말없이 고갯짓으로 앉아서 기다리라는 듯 의자를 가리켰다. 그래서 의자에 앉아 잠깐 숨을 돌리고 있었다.

"드디어 왔군. 그런데…… 너는 아직 잃지 않았구나?"

깊이감이 느껴지는 목소리로 그가 입을 열었다. 하지만 이해할 수 없는 질문이었다.

"네?"

"너는 어떤 미련이 남았길래 이 나락으로까지 오게 됐지?"

그는 또 물어왔다,

내가 그런 이야기를 하는 건 마을에서 금지된 것이기 때문에 대답할 수 없다고 하자, 카타메 씨는 코웃음을 쳤다.

"괜찮아. 여기선 아무도 엿들을 수 없으니까.

그는 망치로 강을 가리켰다.

그러고 보니 이곳은 다리 아래라 그런지 유독 강이 흐르는 소리가 울리며 더 크게 들렸고, 거기에 나무를 깎고 내리치는 소리까지 더해 말하는 소리는 거의 들리지 않았다. 하지만 모두가 중요하게 생각하는 마을의 규율을 아무렇지 않게 여기면서 속마음을 알아내려 떠보는 듯이 말하는 그와 대화한다는 건, 여러 이유로 너무 위험해 보였다. 내가 대답 없이 침묵을 지키자 그는 고개를 들었다.

며칠을 자지 않은 건지 곧 터질 듯 잔뜩 충혈되고 부풀어 오른 한쪽 눈으로 나를 빤히 쳐다보기 시작했다. 그리곤 비웃기라도 하듯 말했다.

"신발 따위를 만들어 달라고 이곳으로 찾아올 게 아니라, 더 늦기 전에 맨발로라도 이 지옥에서 도망가는 게 어때? 도망가는 거…… 익숙할 거 아냐?"

순간 혐오가 치밀어 올랐다. 눈도 하나밖에 없는 추레한 몰골의 작자가, 자기 몸에나 신경 쓸 것이지 남의 일에 참견하는 것도 모자라 마치 나를 다 안다는 듯 폄하하고 있으니 말이다.

"……쓸데없는 소리 말고, 신발이나 만들어주세요. 제게 바깥은 지옥보다 더한 곳이니까. 당신 같은 사람이 함부로 참견해도 될 일이 아니에요."

듣다 못 한 난 참지 못하고, 마을 주민 중 누군가에게 처음으로 적개심을 드러내고 말았다. 내가 내뱉은 말이지만 그렇게까지 말할 필요는 없었던 것 같은데, 후회와 함께 손이 떨려왔다. 하지만 그는 아무런 동요 없이 다시 신발을 만들면서, 오히려 차분한 목소리로 이렇게 말했다.

"그래, 좋아. 신발이 필요하다면 얼마든지 만들어줄게. 그게 내가 여기서 살아갈 수 있는 이유니까, 어쨌든 난 이곳의 끝을 보고 싶단 오기가 있거든. 바깥이 지옥이라고? 하하하. 이 마을은 수십 년 동안 셀 수 없이 많은 사람들의 원망과 헤아릴 수 없을 만큼 깊은 증오로 지저분하게 뒤섞여 쌓아 올려진 곳이야. 지옥이 있다면 이곳이 바로 지옥이지. 이곳에선 죽고 싶어도 죽을 수가 없어. 여기에선 죽음이 끝이 아니야. 죽으면 더 끔찍한 곳으로 가지. 칠흑 같이 어둡고 구토가 치밀어 오를 만큼 더러운 곳, 그곳에 잃어버린 한쪽 눈이 있어. 난 가끔 그곳이 보여, 그곳이야말로 진짜 지옥이지.

이 마을은 마음부터 모두 갈기갈기 찢겨서 불구가 된 사람들만 살 수 있는 곳이야. 나도 그렇고, 너도 그렇고, 마을 주민들 모두가 그래. 덫에 걸린 짐승의 운명은 정해져 있어. 모든 것을 포기하고 자신의 것을 내어 주거나, 자기 다리를 자르고서라도 살아남거나. 뭐…… 너의 말로는 너 스스로가 정하는 거지만……."

– 딸그락.

"조심해. 네가 마을에 나타날 때마다 비린내가 짙어지고 있어. 너는 너무 많은 주목을 받고 있어. 반드시 다른 축생들과는 비교도 할 수 없을 만큼 참혹한 끝을 마주하게 될 거야. 신발이 필요하다면 언제든지 와. 나는 한 번 본 사람의 발 크기는 잊는 법이 없거든. 튼튼한 신발도 잘 만들어."

카타메 씨는 만들어진 신발을 무심히 내던지고 뒤로 돌아 다른 걸 만들기 시작했다.

마치 나를 오래전부터 지켜보고 있었다는 듯 말하는 그에게서 익숙한 모멸감이 느껴졌지만, 그와 동시에 모순되게도 나를 동정하는 듯한 기분 또한 들었다. 아무 말 없이 신발을 챙겨서 나가려는데 그는 마지막으로 이것만큼은 기억하라며, 한마디를 덧붙였다.

일곱 번째 수칙 — 카타메 씨 언급 사항

"절대 자신의 것을 잃어버리게 두지 말 것."
미친 개소리.

12월 9일 날씨: 맑음

오늘은 처음으로 계곡을 방문했다. 윗분들께 아침 인사를 드리고 내려가려는데 장 씨, — 아니, 이젠 후토 모모 씨라 불러야 한다. ─ 모모 씨가 계곡에서 꼭 보여줘야 할 것이 있다며 쇠사슬로 잠긴 문을 열고 이어진 언덕으로 나를 데려갔다. 모모 씨는 얼마 전 기여식 때 생긴 상처 때문인지 걷는 내내 한쪽 손으로 오른쪽 다리를 붙잡고 절뚝거렸는데, 걸을 때마다 채 아물지 못한 상처에 선 연신 피가 쏟아졌고, 그것은 곧 다리를 타고 흘러 그의 발자국 이 되었다. 하지만 열흘 만에 깨어난 모모 씨의 표정은 그 어느 때 보다 밝아 보였다. 그는 걸으며 가끔 허공에다가 "감사합니다"라 고 말하며 안도의 한숨을 내쉬곤 했다.

높은 언덕을 넘어서니 세차게 흐르는 물소리가 점점 더 커졌고, 등줄기에 땀이 흐르는 게 느껴질 정도로 더워졌다. 그때 모모 씨가 통증을 참을 수 없었는지 잠시 쉬어가자고 했고, 우린 울창한 나 무들 아래 크기가 다양한 바위가 모여 있는 곳에 앉아 잠깐 휴식을 취했다. 그리고 모모 씨는 흐르는 땀을 닦으며 내게 말했다. 그것 은 이제 곧 나도 경험하게 될 기여식에 관한 이야기였다.

여덟 번째 수칙 ─ 후토 모모 씨 언급 사항

마을에 새롭게 정착한 이가 마을에서 일정 시간을 머물며 몸이 만들어지게 되면, 기여식을 할 수 있게 된다. 기여식은 일종의 감사제로 마을을 세우신 웃어른 앞에서 눈을 감는 순간까지 마을을 위해 충실히 살아가겠다고 선언하는 자리이다. 기여식 날이 되면, 웃어른께서 새로운 이름을 지어주신다. 새로운 이름은 새로운 운명이며, 이름을 부여받는 순간부터 본인을 포함한 모든 마을 사람들은 반드시 새로운 이름으로 부르고 불려야 한다.

기여식이 언제, 어디서, 어떻게 진행되는지 당사자는 당일까지 알 수 없으며, 미리 알려고 해서도, 이미 기여식을 경험한 자가 알려 주어서도 안 된다.

드디어 이 마을의 일원으로 인정받는다는 것에 설레기도 하고 감사하기도 했지만, 묘하게 달라진 모모 씨의 분위기와 붉게 물든 그의 옷을 보니, 알 수 없는 공포심 또한 피어났다. 웃어른의 존재에 대해선 어느 정도 실감하고 있었지만, 실제로 마주해 본적은 없었기 때문에 괜히 손에 땀이 고이며 긴장이 되기도 했다.

여러 가지 생각과 더불어 숨을 쉬기 어려울 정도로 더운 공기 때문에 머리가 어지러워 고개를 들었는데, 문득 누군가 나를 쳐다보는 것 같은 느낌이 들어 주위를 둘러보니, 바로 뒤에 익숙한 모양의 하얀 인형이 나무에 매달려 있었다. 그 인형은 비가 오지 않게 해달라는 뜻으로 휴지나 종이 같은 걸 말아 사람처럼 만든 뒤 높은 곳에 매다는 것으로, 주로 어린아이들이 만드는 인형이었다. 그런데 인형은 하나가 아니었다. 시야를 넓혀보니 뒤에 서 있는 나무들에도 눈과 입이 그려진 인형들이 빽빽하게 매달려 바람에 흔들리고 있었다. 그리고 인형의 뒷모습엔 한자처럼 생긴 붉은 글자들이 잔뜩 쓰여 있었는데, 단순하게 만들어진 인형들이었지만 목에 줄이 묶여 있는 모습이 마치 목을 매고 늘어져 있는 작은 사람처럼 보여, 음산하게 느껴지기도 했다. 멍하니 인형들을 쳐다보고 있는 내게 모모 씨가 말했다.

"저 인형들 뒤에 쓰여 있는 건, 그들의 이름이야. 일찍이 마을의

일부가 된 자들의 육신을 기리며 매다는 거지."

그렇다면 저 셀 수 없이 많은 인형들이 모두 이 마을의 주민들이었다는 건가. 나도 언젠간, 저렇게 인형으로 남게 되는 걸까?

잠깐의 휴식을 끝내고 우린 다시 걷기 시작했다. 옆으로 지나는 나무들에도 엄청난 수의 인형들이 매달려 있었다. 길을 따라 아래로 향하니 드디어 물줄기가 보이기 시작했는데, 계곡에서는 또 하나의 믿기 힘든 일이 일어나고 있었다. 마치 끓는 물이 흐르고 있는 것처럼 계곡물에선 수증기 같은 연기가 피어오르고 있었다. 온천수라도 흐르고 있는 걸까, 하는 생각이 들기도 했지만, 계곡을 이룰 만큼 많은 양의 온천수가 뿜어져 나온다는 게 가능한 건지 확신이 서지 않았다.

'우리 마을이 지독하게 더운 이유가 이것 때문이었나?'

기이한 현상에 놀랄 틈도 없이 모모 씨는 발걸음을 재촉했고, 계곡의 줄기를 거슬러 올라 우리는 또 하염없이 걷기 시작했다. 그런데 위쪽으로 향할수록 물이 세차게 흐르는 것과는 반대로 온도는 올라 더 더워졌고, 땀을 너무 흘려서인지 현기증까지 느껴지며 모모 씨와의 거리도 점점 멀어졌다. 그런데 갑자기 세차게 흐르는 물소리 사이에서 희미하게 방울 소리가 들려왔다.

– 짤랑…… 짤랑…….

처음엔 잘못 들었나 싶을 정도로 작게 들렸지만, 다시 들릴 때마다 방울 소리는 점점 또렷해지고 있었다. 앞서가던 모모 씨도 그 소릴 들었는지 걸음을 멈췄고, 고개를 돌려 가만히 계곡 쪽을 바라봤다. 그리곤 갑자기 표정이 순식간에 굳어지더니, 그는 내 쪽으로 다급히 달려와 팔을 당기며 이렇게 말했다.

"다…… 당장 계곡을 바라보고 똑바로 서. 그리고 손을 모으고 머리를 숙여! 빨리!!"

모모 씨는 말까지 더듬었고, 안색은 공포에 질린 사람처럼 창백했다. 무슨 일인 걸까. 상황 파악이 전혀 안 됐지만 우선 그가 시킨

대로 머리를 숙이고 손을 모아 합장했다.

"내…… 내가…… 괜찮다고 말할 때까지 움직이지 말고! 아무
마…… 말도 하지 마, 고개는 절대 들어선 안 돼!!"

평소 감정 표현이 거의 없는 그가 이렇게까지 당황해하고 몸
까지 떨면서 말을 하다니, 모모 씨의 낯선 모습에 덩달아 불안해
졌다.

계곡 반대편은 물에서 피어나는 연기 때문에 보이는 것은 여전
히 거의 없었지만, 종소리는 일정한 간격으로 분명하게 우리와 가
까워지고 있었다.

- 짤랑!

갑자기 가까워진 종소리에 놀라 몸이 움츠러들었다.

- 짤랑! 스으으윽……. 짤랑! 스으으윽…….

소리가 한층 가까워지자 그 뒤로 무언가가 끌리는 듯한 소리도
들려왔고, 그와 함께 코를 마비시킬 정도로 시큼한 냄새도 풍겨오
기 시작했다. 그 냄새는 분명, 썩을 대로 썩은 피와 살에서 나는 익
숙한 냄새였다.

- 짤랑! 스으으윽.

뿌연 연기 사이로 모습을 나타난 것은, 놀랍게도 화려한 장식이
주렁주렁 달린 붉고 거대한 가마였다. 그 아래엔 20~30명 정도의

사람들이 작은 건물 정도 크기의 가마를 받치고 있었는데, 모두 얼굴에 짚을 엮어서 만든 복면 같은 걸 쓰고 있어서 기이한 분위기를 풍겼다.

－ 짤랑! 스으으윽.

짤랑거리는 소리는 가마를 옮기는 사람들의 목에 걸린 방울에서 나고 있었고, 이후 이어지는 소리는 사람들이 무거운 가마를 제대로 들지 못해 짓눌린 발을 끌면서 나는 소리였다. 그런데……

－ 짤랑! 스으으으윽!

점점 가까워지며 뚜렷해지는 가마와 사람들의 모습은, 너무나 충격적이었다. 가마 아래의 사람들은 모두 피가 빠진 시체처럼 창백한 피부에 검은색 하의만 입고 있는, 배만 부른 야윈 여자들이었다. 가마와 닿아있는 어깨 부분이 모두 짓눌려 흐른 피가 굳고 흐르길 반복했는지 배 아래까지 검게 물들어 있었고, 척추는 가마의 무게를 버티지 못해 기형적으로 휘어 있었다. 발은 이미 형체를 알아볼 수 없을 정도로 훼손되어 마치 지옥의 한 장면을 보는 것 같았다. 그리고 처음엔 화려한 장식인 줄 알았던 것은 장식이 아니라 가마를 뚫고 나온 붉고 긴 돌기였는데 그것들은 모두 가마를 받치고 있는 사람들의 배꼽과 연결된 채 기분 나쁘게 꿈틀거리고 있었다.

눈으로 직접 보고도 믿을 수 없는 흉물스러운 광경에 압도되어 식은땀이 비 오듯 흘렀다. 나를 구성하고 있는 세포들 하나하나가 사력을 다해 그것을 거부하고, 도망치려 하고 있었다.

– 짤랑…… 스으윽…….

다행히 가마에 타고 있는 존재는 우리를 보지 못했는지, 별일 없이 다시 안개 속으로 모습을 감추며 멀어져 갔다. 저렇게 커다란 기마엔 대체 뭐가 타고 있는 걸까. 모모 씨와 나는 방울 소리가 사라진 이후에도 한참 그 자세를 유지했고, 탈진하기 직전에 모모 씨가 이제 움직여도 된다고 말해줘 자세를 풀고 주저앉아 숨을 고를 수 있었다. 모모 씨는 여전히 하얗게 질린 채 그 자리에 서서 조심스럽게 입을 열었다.

"……저분은…… 향린 마을을 이조*하신 웃어른 중 한 분이야. 직접 움직이시는 경우는 드문데…… 정말 위험할 뻔했군……. 우리 같이 미천한 것들은 저분들의 존함 같은 건 알 필요도 없어. 우리의 운명은 저분들이 결정하는 거지만, 만약 살고 싶다면 아까처럼 머리 숙이고 그저 살려달라고 죽어라 빌어……. 자, 일어나. 거의 다 왔어. 해가 지기 전에 도착해야 돼. 가자."

---

*이조(里造): 마을을 세운다는 뜻

모모 씨는 쓰러져 있는 나를 일으켜 세우고 가지고 온 보랏빛 물병을 내게 건넸다. 물병에 담긴 물은 평소와는 다르게 조금 쓰게 느껴졌지만 갈증 탓에 모두 마셔버리고 다시 걷기 시작했는데, 아까 본 장면이 도저히 머릿속을 떠나지 않았다. 저게 마을의 역사를 쓰신 웃어른들 중 한 분이라니, 그렇게 오래된 역사와 함께한 사람이 지금까지 살아있다는 게 가능하단 말인가? 애초에 사람이······ 맞긴 한 걸까. 아침마다 기도를 드리며 상상해 오던 웃어른의 모습과 직접 맞닥뜨린 모습의 엄청난 괴리감 때문에, 좀처럼 충격이 가시질 않았다.

어라, 조금 이상하다. 너무 긴장한 탓일까, 숨이 빨리 차오르면서 몸이 무거워지고 머리가 조금 어지럽다.

"엇!"

앞서가던 모모 씨가 갑자기 멈춰서는 바람에, 하마터면 부딪힐 뻔했다. 숨을 고르며 주변을 둘러보니 계곡은 여전히 세차게 흐르고 있었지만, 앞은 거대한 바위로 막혀 있어 더 이상 앞으로 나아갈 수 없었다. 그런데 모모 씨는 길이 끊긴 곳 바로 앞에 서서 옷매무새를 가다듬더니 머리를 숙이고 기도하기 시작했다. 옆으로 조금 물러서서 보니 모모 씨 앞에는 작은 제단이 있었다.

돌로 만들어진 제단 위엔 뱀과 사람을 합쳐놓은 듯한 목이 긴

형상의 조각상이 있었고, 그것은 깊이가 있는 작은 그릇 같은 것을 품에 안고 있었다. 잠시 후 기도를 마친 모모 씨는 허리춤에서 무언가가 가득 쓰여진 긴 종이를 꺼내 폈고, 목을 가다듬은 후 그것을 보며 자연스럽진 않았지만 한 글자 한 글자 또박또박 소리 내 읽기 시작했다. 하지만 난 그게 무슨 뜻인지, 전혀 알아들을 수 없었다.

"ご挨拶できてとても光栄です. 私は収穫者のフトモモです. この子は私からの寄贈物です. どうぞお口に合ったらと思います."

말을 마친 모모 씨는 다시 한번 공손히 손을 모은 뒤 고개를 숙였고, 오른쪽 소매를 팔꿈치까지 걷은 뒤 팔을 제단 위에 올렸다. 그리곤 주머니에서 예리하게 빛나는 작은 날붙이를 꺼내더니, 한순간의 망설임도 없이 우악스러운 팔에 꽂아 넣었다. 그 순간 한 줄기의 붉은 것이 흘러나와 차분하게 팔을 타고 흘렀고, 그가 힘을 주어 날붙이를 팔 안쪽으로 당긴 뒤 틈을 벌리자 붉은 것은 망설임 없이 여러 갈래로 뿜어져 나와 순식간에 그의 팔과 제단 주변을 온통 빨갛게 물들였다. 그것은 제단 위 그릇을 채우기 시작했고, 그릇이 절반 정도 차고 나서야 모모 씨는 팔을 거두고 가져온 끈으로 묶은 뒤 평온하게 합장했다.

웃어른을 마주하고 진정할 틈도 없이 연달아 일어난 기이한 상황을 목격한 나는 몸이 굳어졌고, 정신이 아득해지며 속이 메스꺼워졌다. 그리고 그와 동시에 뒤돌아 서 있는 모모 씨의 분위기가 조금씩 변질되고 있는 것이 느껴졌다. 모모 씨는 여전히 표정을 숨긴 채 등을 보이고 있었지만, 분명 그는 웃고 있었다. 바로 그때, 내 머릿속을 훤히 들여다보고 있다는 듯 모모 씨가 입을 열었다.

"또 무슨 생각을 그렇게 하고 있지?"

'아니요. 아무런 생각도…… 어……?'

의심할 여지 없이 분명히 말했지만, 말은 몸 안에서 공허하게 맴돌 뿐 입 밖으로 나오지 않았다. 혀는 돌처럼 굳어 움직이지 않았고, 어떤 소리라도 내보려 배에 힘을 주며 발악을 해 봐도, 목에서는 찢어지는 듯한 통증만 느껴질 뿐이었다.

"널 처음 만났을 때부터 난 그 표정이 참 마음에 들지 않았는데…… 여기서 꽤 오랜 시간을 보내면서 다른 건 변했을지 몰라도, 그 역겨운 것을 바라보는 듯한 표정만큼은 절대 바뀌지 않는구나. 너희와는 도저히 어울려 주기 힘들다는 경멸 어린 눈빛."

모모 씨에게서 이전에 느꼈던 것과는 비교할 수 없는 살기가 느껴졌다. 그리고 거기에 더해 도저히 인간의 것이라곤 할 수 없는 어떤 형용할 수 없는 기운까지 뒤섞여, 더 이상 그가 나와 같은 사람으로 느껴지지 않았다.

"우리가 이곳에 모여살면서 같은 것을 먹고, 같은 일을 하고, 같은 곳에서 자는 이유는, 이미 죽은 우리에게 가치 있는 삶을 허락해 주신 웃어른들께 진심으로 감사하며, 숨기는 것 없이, 아끼는 것 없이, 모든 것을 내어드리며 보답하기 위해서야. 넌 진심으로 감사드리기는커녕 그저 적당히, 그런 척만 하면서 늘 다른 생각만 하고 있잖아. 하하하, 웃어른께선 왜 너 같은 놈에게 관심을 가지시는 거지? 네까짓 놈을 말이야……."

몸이 점점 이상해졌다. 발끝과 손끝이 전기에 감전된 것처럼 저려왔고, 몸은 안쪽부터 천천히 굳어가며 숨통을 조여왔다. 그리고 모모 씨가 뒤로 돌아 천천히 나에게 다가왔다.

"좀 웃어 봐. 그냥 아무 생각도 하지 말고. 너는 기쁘지 않나? 우리 같이 비루하고 멍청한 것들이 그분들이 만들어가시는 위대한 역사에 티끌 만큼이라도 기여할 수 있다는 사실이."

코앞까지 다가온 모모 씨는 그 어느 때보다 해맑게 웃으며, 흙을 파내는 농기구처럼 거친 손으로 내 얼굴을 어루만졌다.

"부드럽구나…… 부드러워. 짐승은 자고로 매를 맞으며 길들여지고 비로소 가축다워지는 법인데, 가축에게는 전혀 어울리지 않는 감촉이잖아아아아!"

모모 씨는 양쪽 엄지손가락을 내 입에 쑤셔 넣고 내 얼굴을 지 렛대 삼아 있는 힘껏 귀 쪽으로 잡아당겼다. 그 순간 입안에서는 뭔가가 순서대로 투두둑 끊어지며 터지더니, 망가지는 소리와 함 께 짜고 씁쓸한 것이 쏟아지기 시작했다.

"하하하. 이렇게 웃을 수 있었잖아……. 이렇게! 할 수 있었잖 아! 하하…… 하하하하!"

"컥…… 커컥!…… 컥……."

끔찍한 고통 속에도 내가 할 수 있는 건 아무것도 없었다. 눈물 로 인해 앞은 거의 보이는게 없었고, 유일하게 보이는 것이라곤 터 질듯한 핏대가 잔뜩 선 모모 씨의 굵은 팔뚝뿐이었다. 모모 씨는 그 상태로 나를 제단 앞까지 끌고 간 뒤 무릎을 꿇렸고, 고개를 숙이게 한 뒤 어느새 비어버린 제단 위 그릇을 가득 채우게 했다.

"정식으로 웃어른께 인사드리렴, 자…… '처음 뵙겠습니다. 안 녕하세요' 해야지. 안녕하세요? 하하하……."

모모 씨는 여전히 해맑게 웃고 있었다.

제7장

비각

: 물과 불처럼 서로 상극이 되어 용납되지 아니 하는 일

― 째각⋯⋯ 째각⋯⋯.

내가 눈을 뜬 곳은, 내가 매일 눈을 감던 곳이었다. 해는 이미 저물어 있었지만 달은 뜨지 않아 눈에 보이는 게 전혀 없었다. 몸을 세워 등을 벽에 기대고 앉으니, 얼굴 가죽이 모두 녹아내려 아래로 축 늘어진 것처럼 무거운 기분이 들었다. 입 근처엔 가루 같은 것이 덕지덕지 뭉쳐져 있었는데, 그곳에선 상상할 수도 없을 만큼 끔찍한 통증이 느껴졌고, 입안에선 여전히 뭔가가 계속 흐르고 있었지만 그게 무엇인지 확인할 방도가 없었다. 마지막 기억으로부터 시간이 꽤 흐르긴 했지만, 하루가 넘어가진 않은 것 같았다.

빛 하나 없는 방에서 벽을 더듬으며 일어나 현관 쪽의 등을 켜

려고 했지만, 아무리 줄을 당겨봐도 켜지질 않았다. 현관의 등뿐만 아니라, 집 전체에 불이 들어오질 않았다. 그때, 이전에 성냥과 초를 봤던 것이 생각나 더듬거리며 주방 쪽 서랍을 열어 손을 넣었더니 달그락 소리를 내는 성냥갑 하나와 길이가 긴 새 초 하나가 손에 잡혔다.

– 탁, 탁. 뿌직…….

하지만 오래된 성냥 대는 나무가 삭아 불이 붙기도 전에 부러졌다. 아득해지는 정신을 겨우 붙잡고, 얼마 남지 않은 성냥을 집어 들어 다시 한번 마찰 대에 성냥 머리를 긁었다.

– 사아악……! 팟!

다행히 이번엔 불이 붙었다. 새끼손가락 한 마디보다 작은 성냥은 있는 힘을 다해 자신의 사명대로 몸을 불태웠지만 거대한 어둠에 비해 너무나 작고 초라해 금방이라도 꺼질 것만 같았다. 불이 꺼지기 전 초에 불을 붙이려고 하는데, 작은 장식장 유리에 뭔가 이질적인 것이 나를 쳐다보는 것 같아 고개를 돌렸다. 그런데 유리에 비친 건 원래의 모습이 생각나지 않을 정도로 턱과 뺨이 너덜너덜하게 뭉개진 채 그것을 멍하니 바라보고 있는 나 자신이었다.

"아…….."

– 스르르륵…….

애써 켠 성냥은 짧은 생을 마감하고 손가락 사이에서 손을 태우며 사그라졌고, 또 다시 어둠은 순식간에 나를 집어삼켰다. 꺼져버린 성냥을 쥔 채 멍하니 가만히 서서 아침부터 지금까지, 오늘 있었던 일들을 곱씹어 보았다. 나에게 대체 무슨 일이 일어난 걸까. 태양, 언덕, 인형, 계곡, 웃어른, 그리고 모모 씨의 미소 띤 얼굴. 그 순간 얼굴에 피가 몰리며 아래턱에서 불로 지지는 듯한 극심한 통증이 찾아왔다. 동시에 그 어느 때보다 극심한 불안감과 함께 숨이 가빠지며 심장이 빠르게 뛰기 시작했다. 그리고 머릿속에는 단한 가지 생각만이 들 뿐이었다.

'여기에서 당장 나가야 해.

– 드르륵······.

혹여나 작은 소리라도 날까, 신발도 신지 않고 조심스럽게 문을 열었다. 마을에 오고 나서 이렇게 해가 지고 난 뒤, 집 밖으로 나오는 것은 처음이었다. 마을 쪽을 보니 주인이 없는 빈집들을 제외하곤 모두 등이 켜져 있었다. 이 시간엔 모두가 집에 머물고 있을 터였지만, 집마다 켜진 등불은 마치 모두 나만을 비추는 것 같아 온몸이 떨려왔다.

시간은 이제 11시를 넘고 있었기 때문에 부지런히 움직이면 해가 뜨기 전 마을에서 나갈 수 있을 것이다. 오래되어 기억이 잘 나진 않았지만, 출구와 이어진 길은 분명히 하나였으니 어렵지 않게 나갈 수 있을 것 같았다. 한 치 앞도 보이지 않는 어둠 속에서 오직 감에만 의지한 채 끔찍한 몰골로 조심스레 발을 끌며 도망가는 내 모습은, 이 마을에서 살아가는 다른 이들과 전혀 다를 것 없이 너무나 초라하고 비루했다.

사람은 본능적으로 사랑으로 태어난 존재와 배설로 태어난 존재를 구분한다. 사랑으로 태어난 존재는 눈을 뜬 순간부터 희로애락을 경험하며 알록달록한 색깔로 칠해지지만, 단순히 배설로 우연히 태어난 존재는 처음 눈을 뜬 순간부터 오직 불행이란 한 가지

색으로 덧칠해지길 반복한다. 그렇게 불행이 일상이 되고 불행에 무뎌진 삶을 보내게 되면, 끝내 나와 같이 운명을 거스르지 못하고 이름도 없는 기형적인 꽃을 피우게 된다.

한 명의 인간으로 태어나 누군가에겐 가장 쉬운 일이지만, 누군가에겐 가장 어려운 것이 관심과 사랑을 받는다는 것이다. 그것은 나에게 있어 가장 큰 사치이자, 여전히 가장 어울리지 않는 옷이었다. 하지만 나는 나도 모르게 종종 누군가의 사랑이 담긴 체온을 그리워했나 보다. 죽기 전에 그런 감정을 다시 한번 느껴볼 수 있을까? 어리석게도 기대했던 것 같다. 하지만 끝내 나에게 그런 것들은 허락되지 않았다.

작은 숲길을 지나 오르막길로 더 걷자 모모 씨와 함께 걸어 들어왔던 빨간 기둥 문이 보이기 시작했다. 입구 쪽엔 그 당시 미처 보지 못했던 작은 동상들이 줄지어 있었고, 용도를 알 수 없는 괴상한 모양의 크고 작은 건물들이 세워져 있었다.

'마을에 들어올 때까지만 해도 저런 건물은 없었어. 저렇게 큰 건물이 있었다면 내가 못 봤을 리 없는데…….'

건물들은 저마다 간판 같은 것이 엉뚱한 곳에 이곳저곳 붙어 있었는데, 간판엔 모두 같은 그림이 그려져 있었다. 처음엔 무섭게 생긴 가면을 그린 줄 알았는데 가까이서 보니 참새로 보이는 작은 새 두 마리가 입을 맞추고 있는 그림이었다. 건물들을 넘어가니 다행히 빨간 기둥 문에 다다를 수 있었다. 이곳을 넘으면 바로 앞에 입구가 있을 것이고, 그곳을 통과한다면 이 끔찍한 마을에서 벗어날 수 있을 것이다. 이제 모든 것이 다시 원점으로 돌아가게 되는 걸까. 난 다시 그 썩은 내가 진동하는 곳으로 돌아가게 되는 걸까?

잠깐 걸음을 멈추고, 고개를 돌려 마을을 돌아봤다. 그런데 마을을 바라본 순간 강 건너 끝 쪽, 계곡으로 향하는 숲길 입구에 홀로 자리 잡고 있는 집의 등이 꺼졌다. 그건 츠마사키 씨의 집이었다. 평소에도 꼭 필요한 일이 아니면 집을 비우는 일이 없는 츠마사키 씨가 이 시간에 집을 비운다는 건 이상한 일이었다. 그런데 또 툭, 다른 집의 불이 꺼졌다. 이번엔 츠마사키 씨의 집과 가장 가까운 곳에 사는 나이조우 씨 집이었다.

'무슨……?'

— 툭.

이번엔 유비 씨 집의 등이 꺼졌는데, 나와 먼 곳에 위치한 집들의 등이 하나씩 차례로 꺼져오고 있었다. 마을은 등불 말고는 아무것도 보이지 않았기 때문에 집을 나온 마을 사람들이 어디로 향하는지 전혀 알 수 없었지만, 왠지 모르게 끔찍하고 불길한 예감이 들었다.

'서둘러야 해……. 여기서 빨리 나가야 해.'

전속력으로 달려 나가고 싶었지만, 긴장 때문인지 다리 근육에 힘이 풀려 제대로 걷는 것조차 힘들었다. 하지만 온 힘을 다해 허벅지를 쥐어짜며 겨우 기둥 문을 넘어 세 갈래 길까지 도착할 수 있었고, 다행히 마을을 감싸고 있는 울타리도 보이기 시작했다. 이제 출구로 나가기만 하면 된다. 출구를 찾아 나가기만 하면 되는데…… 아무리 둘러봐도 그 출구가 보이질 않았다. 어둠 때문에 보지 못한 게 아닐까 싶어 울타리에 바짝 붙어 손에 나무 가시가 박혀 엉망이 될 정도로 더듬거리며 찾아보기도 했지만, 끝이 보이지 않을 정도로 높고 길게 이어진 울타리만이 나를 비웃듯 내려다볼 뿐, 출구 같은 건 찾을 수 없었다.

바로 그때, 뒤에서 풀을 헤치며 걷는 발소리와 함께 누군가의 인기척이 느껴졌다. 마을 사람들이 나를 찾으러 온 걸까? 우선 숨어야만 했다. 가본 적도 없고 어디로 향하는지도 모르는 오르막길과 내리막길 사이에서, 울창한 풀숲이 있는 오르막길로 재빠르게 이동한 뒤 나무 뒤로 몸을 숨기고 숨을 죽였다. 발소리는 내가 방금 걸어 나온 평지 쪽에서부터 들려오고 있었는데 한 명이 아닌 건지, 네다섯 명의 목소리가 합쳐져 웅성거리는 소리도 함께 들리기 시작했다. 하지만 서로 다른 이야기를 하는 것처럼 대화를 주고 받는 느낌은 아니었다.

"血の匂いがするじゃん……? 血のにおいが……."

"そこに隠れて何をしているの……?"

"そこは君の無気力な祖先が埋葬された場所だそうだ."

목소리들은 나와 점점 가까워지고 있었다. 누군가는 화가 나 있었고, 누군가는 불평하고 있었으며, 누군가는 슬퍼하고 있었다. 모모 씨가 제단 앞에서 했던 것과 같은 어감이었다. 그런데 그 목소리 중 몇몇은 분명히 내가 이전에 들어 본 적이 있는 목소리였다. 그중 가래가 들끓는 듯 쇳소리가 나는 사람은 마을에서 수레를 끌던 코츠 씨밖에 없었는데, 코츠 씨의 목소리가 그 사이에서 들려왔다. 마을에서 갑자기 사라진 코츠 씨의 목소리가 왜 저기에 섞여 있는 걸까. 그리고 여러 사람의 목소리가 들리는 것에 반해, 왜 한 사람의 발소리밖에 들리지 않는 걸까.

"ここでは逃げられない……."

"帰って来なさい……帰って来なさい……."

"おかえり……."

마지막 말을 끝으로 갑자기 인기척이 증발하듯 사라져버렸다. 말소리도, 발소리도 더 이상 들려오지 않았다.

- 쿵 쿵 쿵 쿵.

오직 내 심장만이 요란한 소리를 내며 주변의 고요를 깨고 있었다. 혹여 이 소리를 저들이 듣진 않을까, 가만히 숨을 들이쉬고 또 내쉬었다. 그들이 아직 이 근처에 있는 것 같아서 오랜 시간 동안 조금도 움직일 수 없었다.

얼마의 시간이 흘렀을까. 목과 허리가 끊어질 듯 아파 왔고, 온몸이 흠뻑 젖을 만큼 식은땀을 흘렸더니 어지럽기까지 했다. 숨을 크게 들이마시고 조심스럽게 고갤 들어 주위를 살폈다. 주변엔 아무도 없었고, 아무런 소리도 들리지 않았다. 다행히 그들은 내리막 길로 간 듯했다. 그렇다면 현재 내가 갈 수 있는 곳은 오르막 길이 유일했다. 처음 가 보는 길이지만 그래도 높은 곳에서 내려다보면

106

출구를 찾을 수 있을 거란 생각이 들었다. 그런데 숨어있던 시간이 너무 길었던 탓인지, 불행히도 주변이 푸르게 물들고 있었다. 해가 뜰 시간이 다가오고 있는 것이다. 마을 사람들이 모두 잠에서 깨 내가 사라졌다는 사실을 알기 전에……. 아니, 이미 모두가 알고 있을지도 모른다. 그들이 나를 먼저 찾기 전에 빨리 여기서 나가야 만 했다.

사방을 살피며 조심스럽게 언덕을 오르는데, 길 이곳저곳이 거칠게 파여 하마터면 발목이 꺾여 크게 다칠 뻔했다. 언덕의 끝에는 평지가 이어졌고, 그 앞엔 산의 능선처럼 또 하나의 긴 오르막이 있었다.

앞으로 향하며 옆을 내려다봤지만 아래는 허허벌판에 지긋지긋한 울타리만 빽빽하게 박혀있을 뿐, 눈을 씻고 찾아봐도 출구와 비슷하게 생긴 것조차 없었다. 이쯤 되니 저 울타리들은 밖에서의 침입을 막기 위함이 아니라, 안쪽 사람들의 탈출을 막기 위해 박아놓은 것이 아닐까 하는 생각마저 들었다. 평지를 지나니 아까와는 비교조차 할 수 없이 가파른 오르막길이 벽처럼 나를 가로 막았지만, 더 이상 지체할 시간이 없었다.

"헉…… 헉……."

언덕 중반까지도 못 왔는데 나는 결국 그대로 엎어지고 말았다.

당장 뒤로 굴러떨어져도 이상하지 않을 만큼 몸은 이미 한계 상태였고, 아지랑이가 피어오르듯 눈앞의 모든 것들이 흔들거렸다. 숨이 턱 끝까지 차오른 상태로 땅을 짚고 일어나 흙투성이가 된 옷을 털며 천천히 고개를 드는데, 갑자기 감당할 수 없는 서러움이 몰려왔다. 이 고통을 끝내고 싶은데, 숨을 쉬는 것 자체가 끔찍한 고통인 이 처참한 삶의 끈을 당장이라도 놓아버리고 싶은데 모순되게도 나는 아직도 그 끈을 놓지 못하고 있다. 이유가 뭘까. 하루에도 몇백 번씩 죽음을 생각하며 난간에 올라섰지만, 이내 포기하고 내려왔던 이유는 죽음 따위가 두려워서가 절대 아니다. 왜 이럴 때마다 그 사람의 얼굴이 떠오르는 걸까.

그 사이 주변은 조금 더 밝아졌고, 주위를 둘러보니 난 언덕의 중간쯤에 서 있었다. 언덕 끝에 무언가가 세워져 있었는데, 그건 무언가가 적힌 붉은 팻말이었다. 순간 입김처럼 기분 나쁜 뜨거운 바람이 목덜미를 감싸듯 불어왔다. 깜짝 놀라 뒤를 돌아봤지만 뒤쪽은 절벽 같은 내리막만 있을 뿐 누군가가 있을 리 없었다. 우선 팻말까지만 가 보자란 생각으로 정신을 가다듬고 다시 언덕을 올랐다. 정상과 가까워지니 눈앞은 푸른 하늘로 채워지기 시작했는데, 더 이상의 언덕은 없는 듯했다. 사력을 다해 정상에 오르니 숨은 넘어갈 듯 가빴고, 더는 걸을 수 없겠다 싶을 정도로 다리가 후들거렸다.

팻말 앞에 서서, 그 내용을 확인했는데, 거기에는 반갑지 않은 그림이 떡하니 그려져 있었다. 둥그런 원 안에는 서로 조금씩 다르게 생긴 새 두 마리가 나란히 위아래로 있는 익숙한 그림. 불길했다. 몇 시간 전 마을에서 나올 때 본 간판의 그림과 너무나 비슷했기 때문이다. 나는 사력을 다해 출구를 찾아온 것이 아니라, 또 다른 마을로 향하는 입구로 온 것이었다.

"……하하하."

언제나 그랬던 것처럼 아무리 발버둥 쳐 봐도 결국은 제자리이거나 더 나빠지기만 하는 현실에 나도 모르게 실소가 터져 나왔다. 얼마 만에 웃는 건지도 모를 만큼 어색하고 낡은 웃음이었다. 음산한 푸른 새벽빛은 이제 주변을 선명하게 비추고 있었다. 내가 걸어온 길이 거칠었던 이유는 수많은 발자국과 땅이 파일 정도로 무언가 거대한 것을 끌고 간 흔적들 때문이었다는 것을 알게 해주었다.

더 이상 내가 할 수 있는 것은 아무것도 없었다. 그저 앞으로 나아가 주어진 운명을 마주하고 따르는 수밖에. 길을 따라 조금 걷자 언덕 아래 가장 높은 곳의 지붕이 보였다. 둥그렇고 거대한 형태의 마을 형상도 조금씩 보이기 시작했고, 곧 비명인지 웃음 소리인지 구분하기 어려운 소리가 어지럽게 뒤섞여 들려오기도 했다. 내리막길을 스무 걸음 정도 남겨두니 익숙한 빨간 가마가 보였다. 그것은 해가 뜨고 있는 평화롭고 고요한 마을의 모습과는 상반되게 부서진 집에서 아주 격렬히 움직이고 있었다. 그런데 내리막길로 발을 막 내딛으려는 순간, 얼음장처럼 차가운 목소리가 뒤에서 차분히 들려왔다. 나를 이 마을로 데려온 사람의 잊을 수 없는 목소리였다.

"이 아래는 향린 마을이야. 웃어른께서 식사하시는 공간이지. 조금만 더 갔다간 저분께서 너와 나의 존재를 바로 알아채시곤 순식간에 이곳에 이르실 거다."

분명히 뒤를 확인하면서 올라왔는데 어떻게 저 사람이 지친 기색도 없이 내 뒤에 있는 걸까. 혹시 내가 꿈이라도 꾸고 있는 건가? 그래, 맞다. 꿈이라면 이 말도 안 되는 모든 것들이 설명된다. 나는 지금 지독하게 길고 끔찍한 꿈을 꾸고 있는 건지도 모른다. 너덜거리는 얼굴 가죽을 뜯어내 볼 심상으로 손을 얼굴로 가져간다. 꿈이라면 깰 것이고, 설령 꿈이 아니더라도 아무 상관 없다.

"아아……."

얼굴에선 검은 피딱지와 하얀 가루만 잔뜩 떨어져나올 뿐, 이미 상처는 사라지고 없었다.

"으아아악!!!"

얼굴을 부여잡고 그대로 쓰러져, 목이 터져라 비명을 지르며 머리를 연신 땅에 들이박았다. 이마는 돌부리에 갈라지며 피를 쏟아 냈고, 뜨거운 통증이 생생하게 몰려왔다. 이건 정말 꿈이 아닌 걸까.

"우리 마을의 웃어른께서 너를 꼭 보고 싶어 하신다는구나. 왜 진 모르겠지만……. 네가 마음에 드셨나 봐. 그분이라면 네가 가진 모든 의문점을 대답해 주실 거야. 넌 궁금한 게 지독하게 많잖아? 참 감사할 일이야."

그는 절규하는 나를 보며 보란 듯 이를 드러내고 징그럽게 웃고 있었다. 화가 치밀어 올랐다. 어떻게 해서든 저 낯짝을 찢어버리고 싶었다.

"내가 그분을 만나서 달라질 게 뭐지? 웃어른이라 떠받들며 말하는 게, 이 앞에서 게걸스럽게 사람들을 먹어치우는 괴물 같은 걸 말하는 거잖아. 저게 마을을 세운 웃어른이라고? 당신이나 마을 사람들이나 모두 하나같이 정상이 아니야. 사람들이 일정한 주기로 계속 마을에서 사라지는 거, 늙어서 마을에서 더 이상 일할 수 없고 병들어서 쓸모가 없어지면, 다른 마을로 가는 척하면서 저런 괴물한테 받쳐지는 거잖아? 왜 그런 말도 안 되는 관행을 받아들이면서까지 이곳에서 살아가는 거지? 그렇게까지 하고 당신들이 그 괴물한테 얻는 건 뭐지? 아, 어떤 상처든 하루면 낫는 능력? 그런데 기여식에서 생긴 상처들은 구더기가 들끓도록 곪아서 썩은 내가 진동하는데 왜 낫질 않는 걸까? 날짜며, 날씨며, 시간이며 모든 것이 비정상적으로 뒤틀려 있는 이곳에서 노예처럼 일하고, 서로 감시하고, 말도 안 되는 규율 같은 걸 목숨처럼 지키는 삶을 왜 받아들이는 거냐고! 이 마을과 괴물들이 당신들한테 대체 뭐길래, 그렇게 모든 것을 내어주는 거야⋯⋯. 나는 더 이상 아무것도 빼앗기고 싶지 않아. 이곳은 모든 게 잘못됐어, 모든 게⋯⋯."

나는 울분을 토해내며 그에게 모든 것을 쏟아내었지만, 그는 티끌만큼도 동요하지 않으며, 오히려 여유롭게 말했다.

"그야 이 마을은, 모두에게 버림받고 외면당한 우리 같은 히닌들이 가치 있고, 의미 있는 삶을 살 수 있는 유일한 곳이니까. 넌 아직도 우리와 네가 다른 부류라고 생각하나? 그렇다고 우기기엔 너도 우리와 똑같은 눈을 하고 있잖아. 사람의 눈은 한 번이라도 빛을 잃고 죽으면, 무슨 짓을 한다 해도 절대 되살릴 수 없거든. 넌 처음부터 그런 눈이었어.

복행 마을에서 모시는 웃어른은, 우리같이 미천한 것들은 감히 엄두도 내지 못할 진귀한 진리들을 직접 보여 주시고, 더 나아가 경험까지 시켜주시는 고귀하고 영엄하신 분이야. 그저 굶주린 배

만 게걸스레 채우는 것에 혈안이신 앞의 분과는 급이 다르지. 마을
에서 일어나는 일들은 모두 웃어른의 뜻으로 일어나는 거야. 우연
은 없어. 날짜나 날씨조차 모든 것이 그분의 계획이야. 네가 일곱
개의 마을 중 복행에 오게 된 것도, 내가 너의 인도자가 된 것도 말
이야. 우리는 그냥 아무런 의심 없이 그분의 부르심이 있을 때까지
진심으로 마을을 위해 헌신하며 살아가면 돼. 그러면 기적을 경험
하게 되지. 기여식 때마다 우리가 드리는 것은 영원히 웃어른과 함
께하는 것이기 때문에 비어 있는 것일 뿐 상처 같은 게 아니야. 베
풀어 주시는 은혜에 비하면 이런 건 아무것도 아니지."

그는 바지를 걷어 올려 자신의 오른쪽 허벅지를 보여주었다. 어
린아이의 몸통만큼 굵은 허벅지의 바깥쪽은 사나운 짐승이 베어
문 것처럼 빨간 근육 사이 새하얀 뼈가 보일 정도로 거칠게 뜯겨
있었다.

"웃어른의 뜻을 빈틈없이 따르기 위해, 그리고 심려 끼치지 않
기 위해 규율까지 정해 놓고 그것을 실수로라도 어기면 다시는 그
러지 않게끔 고통을 줘 일깨워 주는 것인데, 넌 그 정도의 고통만
으론 부족했나 봐. 오늘 네가 마을을 무단으로 벗어나는 것도 모자
라 다른 마을 어른의 심기까지 건드릴 뻔한 탓에 주민들 모두가 오
밤중에 불려 나와 밤새 큰 벌을 받았지. 그래서 우리는 모두 또다

시 네가 실수하지 않도록 일깨워 줄 겸, 마중을 나왔어. 참 감사한 일이지?"

천천히 고개를 들어 그가 있는 쪽을 돌아보자, 피부가 가늘고 길게 갈라져 피투성이가 된 30명 정도의 마을 사람들이 그의 뒤에 그림자처럼 서 있었다.

"이번만큼은 너에게도 큰 교훈이 되었으면 좋겠구나."

마을 사람들은 천천히 나를 둥글게 에워쌌고, 야위고 투박한 손으로 한 명씩 다가와 내 팔다리와 머리, 그리고 몸을 누르기 시작했다. 얼굴은 한쪽 눈이 보이지 않을 정도로 땅에 처박혔고, 모래와 먼지 때문에 숨을 쉬기 어려웠지만, 나에겐 더 이상 저항할 수 있는 힘도, 의지도 남아있지 않았다. 어느새 다가온 그는 쪼그려 앉아 다시금 작고 날카로운 날붙이를 꺼내 들었고, 내 옷을 위에서 아래로 가르며 말했다.

"숨만 붙어 있으면 되니까……."

그리고 마을 사람들은 모두 함께 입을 모아 나에게 속삭였다.

"집으로 가자."

……잘 잡아. 많이 쏟아져 나올 거야…….

아파…….

"집…… 로…… 가자."

……잘 잡아, 그리고 한 번에 뜯어내…….

눈앞이 흐려진다.

"……가자……."

……아무 때나…… 먹을 수 없…… 야…… 하하하…… 그것도, 그냥…… 떼어내…….

소리가 점점 멀어지며 잘 들려오지 않는다.

"집……."

……

……뒤집어…… 그곳은…… 20번 정도 비틀어서…… 해…….

잠이 온다.

"……ㅈ……ㅇ……."

……갓난아기가 됐군…….

……

제8장

무아 (無我)

: 자신의 욕심을 채우려는 마음이 없음,
자기 자신의 존재를 잊음

13月1日 天気 : はれ

밭쪽에 거주하는 하다 씨가 다리가 세 개인 것을 낳았다. 해가
떠 있는 저녁에 소식을 듣고 모모 씨 등에 업혀 가 보니 그것은 이
미 걷고 있었다. 그리고 그날 저녁, 우리는 모두 그것을 함께 나눠
먹었다.

13月 13日 天気 : はれ

다음 달엔 드디어 내가, 웃어른을 뵙게 된다. 푸른 안개가 빠져나와, 눈앞에서 피어오른다. 너무 아름답다. 나를 부르는 아름다운 목소리가 몸 안에서부터 들려온다. 눈을 감고 귀를 닫고 들어본다.

쿵…… 쿵…… 쿵…….

13月 17日 天気 : あめ

카타메는 결국 남은 한쪽 눈과 함께 결국 마을에서 사라졌다. 그는 마을의 규율을 우습게 알았기 때문에 마땅히 벌을 받아야만 한다고 생각해 내가 모두에게 그의 부정함을 토파했다.

아무리 어두운 그늘에 자기 모습을 감춰도, 강하게 흐르는 강물 소리에 숨어 숨죽여 속삭여도, 그늘이 지켜보고 강이 듣고 있기 때문에 결국 모두 드러날 수밖에 없다.

마을 사람들은 망설임 없이 괭이로 그 부정한 것을 구덩이로부터 끌어냈고, 그것은 내내 한쪽 눈으로 나를 노려보며 짐승이나 낼 것 같은 불경한 소리를 질러댔다. 카타메가 있던 자리는 금방 곧 다른 사람으로 채워질 것이다. 오늘은 늦은 저녁까지도 마을이 어두울 것이고, 비가 많이 내려 강은 세차게 흐를 것이다.

14月 1日 天気 : はれ

오늘은 아침부터 마을 사람들 몇몇이 나를 보러 일부러 집까지 찾아와 주었다. 진타이 씨는 내 얼굴을 어루만져 주며 안부를 물어주었고, 토히 씨는 기여식 날 웃어른을 뵐 때 입어야 할 옷이라며, 직접 만든 깨끗하고 아름다운 하얀 옷을 가져와 마루에 놔주었다. 그리고 마을의 약사인 오나카 씨는 웃어른을 뵙기 전에 마시면 긴장을 풀어 줄 거라며 찰랑거리는 약이 담긴 보랏빛 작은 병을 옷 옆에 놓아주었다. 저녁엔 모모 씨까지 찾아와 미소를 지으며 밥을 먹여주기도 했다. 그리고 모모 씨는 다시 한번 웃어른께서 나를 보고 싶어 하신다고 말하며 머리를 쓰다듬어 주었고, 기여식 날엔 아침 일찍 와서 몸을 씻겨준 뒤 옷을 입혀주겠다고도 했다. 모모 씨는 참 좋은 사람이다. 그런데 웃어른께선 왜 나를 보고 싶어 하시는 걸까? 조금 두렵기도 하지만 설레고 신이 나는 마음이 더 크다.

14월 13일 天気 : くもり

드디어 내일이다. 내일부터 나도 낡은 이름이 아닌 새로운 이름으로 불리면서, 마을의 건실한 동역자로서 살아가게 될 것이다. 동역자의 사명은 마을에 씨앗을 심고, 그것을 번듯하게 키워내는 일이다. 내가 그 일을 무사히 해낼 수 있을진 모르겠지만 최선을 다해 모모 씨처럼 훌륭한 수확자가 되어, 웃어른과 마을에 큰 도움이 되고 싶다. 오후에는 마을 사람들이 한 명도 빠짐없이 나를 찾아와서 축하해주었다. 그리고 돌아가면서, 기여식에 대해 조언을 해주기도 했다.

아홉 번째 수칙 — 마을 사람들 언급 사항

모든 것을 내어 드릴 것.

오늘은 날씨가 흐렸는데, 내일은 부디 날씨가 맑았으면 좋겠다.
자! 이제, 약을 먹고 잠이 들 시간이다.

제9장

지독지애(舐犢之愛)

: 어미 소가 송아지를 핥아주는 사랑이라는 뜻으로,
자식에 대한 부모의 사랑이 지극히 깊음을 이르는 말

– 짤랑.

평소와는 다른 감각에 눈을 뜨니, 눈앞에 가장 먼저 들어온 것은 별빛 하나 없이 검은 하늘과 가만히 나를 바라보고 있는 붉고 커다란 달이었다. 마치 떠 있는 구름 위에 누워있는 듯 나는 의지와 상관없이 누군가에게 업혀 어딘가로 천천히 향하고 있었는데, 나를 업고 있는 사람이 궁금했지만 얼굴 전체를 검은 천으로 감싼 데다 너무 어두워서 누구인지 알 수 없었다. 내 몸은 무언가로 단단히 묶여 있어 전혀 움직일 수 없었지만, 남자에게서 풍기는 분 냄새가 마음을 차분하게 해주어서 불안하진 않았다.

– 짤랑.

익숙한 방울 소리는 남자의 허리춤에서 잔잔히 들려오고 있었다. 주변엔 높은 나무들이 보이기 시작했지만, 이곳이 어디인지 알 순 없었다. 나는 지금 어디에 있는 걸까? 잠이 덜 깼는지 자꾸만 눈이 감겨온다. 하지만 잠들고 싶진 않았다. 왠지 모르지만 할 수 있는 만큼 이 풍경을 최대한 많이 눈에 담아두고 싶었다.

– 쏴아아아…….

귀에 익은 물소리가 들려왔다. 나는 지금 계곡 근처의 숲에 와 있는 걸까? 인형들은? 나무에 매달려 있는 인형들을 한 번만이라도 다시 보고 싶었는데, 부끄럼이 많은 인형들은 모두 어딘가로 숨었는지 찾아볼 수 없었다.

높은 나무들이 줄 서 있는 곳이 끝나자 바다처럼 광활한 들판이 펼쳐졌고, 그 위로 달빛을 머금은 듯 아름다운 붉은 색으로 빛나는 꽃들이 한가득 피어 있었다. 여러 갈래로 나뉘어 핀 꽃봉오리는 서로를 아끼고 의지하는 것이 행복하다는 듯 방긋 웃고 있었고, 그들은 마치 나에게 안아 달라는 듯 수많은 팔을 뻗은 채 나를 바라보며 고개를 돌리고 있었다. 너무나 황홀한 순간이었다. 나에게 이런 감정이 들었던 때는 언제가 마지막이었을까? 이 찰나가 계속 되어 준다면, 너무나 행복할 것 같았다.

하지만 꽃과 새가 새겨져 있는 하얀 옷을 입고 있는 남자는 그것을 허락하지 않았다. 그는 빠른 속도로 꽃이 핀 들판을 몸으로 가르며 달이 떠 있는 쪽으로 나를 데려갔고, 곧 아래로 향하는 돌계단이 나오자 한 치의 망설임도 없이 돌계단을 타고 내려가기 시작했다. 그런데 밑으로 내려갈수록 주변 공기가 얼어붙듯 차가워졌고, 몸에는 한기가 돌았으며, 숨을 쉴 땐 가슴이 아파져 왔다. 짧은 팔다리를 모아 최대한 웅크려 체온을 지켜보려 애를 썼지만, 몸은 점점 차갑게 식어갈 뿐이었다. 그런데 갑자기 그가 길음이 멈추

더니, 대뜸 머리를 숙였다. 무슨 일인가 싶어 눈을 뜨고 앞을 보니 그의 어깨 너머엔 거대한 동굴이 있었고, 그는 머리를 숙인 채 무언가를 중얼거렸다. 그 순간 동굴에선 응답이라도 하듯 기묘한 냄새가 풍기는 입김 같은 바람이 쏟아져 나왔는데, 그 냄새를 맡는 순간 몸에 힘이 빠지며 정신이 몽롱해졌다. 그도 그 영향을 받은 것인지 조금 흔들리며 주춤거렸지만 이내 자세를 고쳐 잡았고, 거대한 목구멍 같은 어두운 동굴 속으로 나를 이끌었다.

– 차작…… 차작…….

동굴에서 물이 떨어지거나 흐르는 소리는 전혀 들리지 않았지만 동굴은 흠뻑 젖어 있었다. 그 때문에 그가 발을 내디딜 때마다 물이 밟히는 소리가 고요하고 차분하게 동굴 전체에 울려 퍼졌다. 남자는 앞이 전혀 보이지 않는 동굴에서 그 소리를 길잡이 삼아 앞으로 나아가고 있었다. 그리고 동굴에는 아까 입구에서 맡았던 냄새가 은은하게 깔려 있었는데, 코가 적응할 만도 했지만 계속 느껴지는 것을 보니 안쪽으로 향할수록 그 향이 더 짙어지는 듯했다.

이제 들어온 입구는 더 이상 보이지 않았고, 주변은 눈을 감거나 뜨는 것의 차이가 없을 정도로 어둠만이 가득했다.

'어디로 향하고 있는 걸까.'

나는 조금씩 불안하고 두려운 마음이 생기기 시작했다. 하지만 남자는 이제 다시는 돌아오지 않을 것이라 마음먹기라도 한듯 한 치 앞도 보이지 않는 어둠 속으로 나아갈 뿐이었다. 그렇게 꽤 긴 시간이 흘렀을 때 남자는 지쳤는지 거친 숨을 내쉬었고, 잠깐 쉬려는 건지 걸음을 멈추고 숨을 골랐다. 그리고 숨을 크게 들이쉬더니, 갑자기 조심스럽게 또 정성스럽게 노래를 부르기 시작했다.

"부모님의 얼굴을 보러 왔네.
어디 계시나요, 어머니.
그리운 얼굴을 보러 왔네
어디 계시나요, 아버지.

혹여나 굶진 않으실까.
걱정되는 마음에
그리운 몸을 뉘러 왔네.
걱정되는 마음에."

단조로운 음계의 동요 같은 노래는 끝을 알 수 없는 동굴 전체를 차분히 울리며 퍼져나갔고, 노랫소리는 이내 되돌아와 마치 여러 명이서 부르는 것처럼 들리기도 했다. 노래를 마친 남자는 가만히 그 자리에 서 있었고, 노랫소리가 잦아들자 다시 침묵을 지키며 앞으로 나아갔다. 하지만 그의 걸음은 이전보다 확연히 느렸고, 곧 쓰러질 것처럼 발을 헛디디며 휘청거리기도 했다.

"허억…… 억……."

남자는 얼마 안 가 또다시 걸음을 멈추고 말았다. 그는 한 걸음이라도 더 나아가려고 애를 쓰고 있었지만, 나를 떠안고 있던 팔과 다리는 이미 한계라는 것을 알리듯 격렬하게 떨리고 있었다. 그런데 갑자기 남자가 알아들을 수 없는 말을 외쳤다.

"……私の体とこの子をお母さんに差し上げます!!"

그는 그대로 무릎을 꿇고 주섬거렸다. 그러자 나와 그의 몸을 단단하게 묶고 있던 것이 느슨하게 풀리더니, 남자가 나를 몸통 쪽으로 돌려 바닥에 눕힌 다음, 발끝에서부터 묶여있던 것들을 능숙하게 풀어 주었다. 마지막 줄이 풀리자, 몸 전신에 퍼져있는 얇은 핏줄 하나하나에 피가 돌면서 찌릿한 느낌이 들었다. 남자는 갓 태어난 아기처럼 실오르라기 하나 걸치지 못한 나를 들어 올리고 이렇게 말했다.

"무사히 돌아오길…… 기도하마……."

그리고 얼음장처럼 차가운 바닥 위에 나를 눕히더니, 그대로 일어나 혼자서 앞으로 나아가기 시작했다.

'……나를 이곳에 두고 가려고? 안 돼! 나를 이곳에 두고 가지 마세요!'

나는 거친 동굴 바닥에 피부가 모두 찢겨 나갈 만큼 필사적으로 몸을 비틀며 멀어지는 그를 향해 기어갔다.

"억! 억!"

그리곤 비명을 지르며 그에게 데려가 달라고 외쳐봤지만, 목구멍은 마치 녹아내린 것처럼 꽉 막혀 괴상한 신음만을 토해낼 뿐이었다.

'안 돼……. 나를 놓고 가지 마세요……. 제발…… 나를 혼자 두고 가지 마세요……. 제발…… 나를 데려가세요……. 너무 무서워요……. 죽여버릴 거야……. 이런 곳에 혼자…… 나를 두고 가지 마세요……. 춥고 어두워…… 너무 무서워……. 제발…… 나를 두고 가지 마세요……. 안 돼요……. 제발…… 제발…… 제발……!'

- 위이잉! 쉬익! 푹……! 철썩…….

……머리 위로 공간을 가르는 소리와 함께 날카로운 소리가 들리더니, 앞에서 무언가가 가냘프게 쓰러지는 소리가 들려왔다. 그리고 그와 동시에 남자의 발소리도 일순간에 끊겨 더 이상 들리지 않았다. 그가 쓰러진 것 같았다. 이제 이곳엔 내 고요한 숨소리만이 공허하게 맴돌 뿐이었다. 두려웠다. 마음 같아선 쓰러진 그

의 곁에라도 가고 싶었지만, 아무것도 보이지 않는 동굴 속에서 그를 찾는 것은 불가능했다. 모든 것을 포기하고 만신창이가 되어 버린 몸을 돌려 누웠다. 동굴의 천장이 마치 밤하늘에 떠 있는 별처럼 반짝거리고 있었다. 어디에서 흘러들어 온 빛을 머금었길래 이 어둠 속에서 저렇게 빛나고 있는 걸까. 눈앞에 어느 시점인지 모를 기억의 파편들이 조각조각 흩어져 하나의 그림이 완성되기도 전에 주마등처럼 빠르게 지나간다. 나를 다른 생물처럼 바라보는 수많은 눈빛과 경멸의 눈빛을 한 얼굴들이 수없이 지나간다. 왜 마지막까지 저들의 얼굴이 떠오르는 걸까. 나는 뭐였을까. 나는 뭐가 되고 싶었던 걸까? 이것이 나의 마지막이구나. 너무나도 슬펐다.

– 스으으윽……

……별들이 움직인다…….

– 쉬이이익…….

죽어가며 내가 헛것을 보는 걸까? 천장의 반짝이는 빛들은 유연하게 움직이며 더 강렬하게 발광하더니 점점 나에게 다가왔다. 대체 저게 뭐지? 사방으로 흩어져 있던 빛들이 고리처럼 둥그런 형태를 띠며 순식간에 가까워졌고, 내 앞에서 멈추었을 땐 얼굴만 한 크기가 되어 있었다. 뚜렷하진 않았지만, 빛이 모이니 어둠 속에서도 그 형태가 언뜻 보였는데, 하얗고 긴 몸에는 보석처럼 빛나

는 비늘들이 물결을 이루고 있었고, 머리가 있어야 할 부분엔 빨간 살덩이가 뭉쳐진 채 꿈틀거리고 있었다. 그 모습은 마치…… 목이 잘린 거대한 하얀 뱀을 보는 것 같았다.

－ 뿌득…… 빠득…… 빠드득…….

그것은 별안간 몸을 격렬하게 비틀며 뼈가 부러지는 듯한 섬뜩한 소리를 연신 쏟아냈고, 붉은 살덩어리는 마치 꽃이 피어나듯 여러 방향으로 갈라지더니, 이윽고 눈보다 더 하얀 얼굴을 꽃봉오리처럼 드러냈다. 내 앞에 있는 것은 분명 인간을 아득히 초월한 것이었지만, 이상하게도 두려움에 몸이 움츠려들기보다 경이롭고 아릅답다는 생각이 먼저 들었다. 그것은 조심스럽게 눈을 떴고, 흑

130

진주 같은 거대한 동공으로 나를 고요히 바라보았다. 바로 그때,

'아들아……. 나의 아들아.'

정적을 깨고 아주 익숙하면서 동시에 낯선, 미움과 그리움이 동시에 느껴지는 목소리가 나를 부른다. 이 목소리가…… 왜 저 존재에게서 들려오는 걸까.

'이곳에 오기까지 아주 오랜 시간이 걸렸구나, 가여운 나의 아들아.'

"윽! 억……."

나를 아들이라 부르는 존재의 말에 대답하고 싶었지만, 말이 도저히 나오질 않았다.

'가슴으로 말하렴, 나는 네 마음의 소리를 들을 수 있단다.'

눈을 감은 뒤 가빠진 숨을 진정시키고, 차분하게 하고 싶은 말을 마음속으로 그렸다.

……당신은…… 누구죠……. 제 목소리가 들리나요?

'사랑이 필요한 나의 아들아, 나는 오래전부터 너를 지켜봐 온 존재란다. 나에겐 이름이란 게 없어, 아이들은 자신들이 가장 먼저 떠올리는 대상으로 나를 부르곤 하지. 아들아, 나는 너에게 어떤 존재지?'

기억조차 나지 않을 만큼 너무나 오래된 기억이었지만, 그녀의

목소리는 잊고 있던 어린 시절의 나를 떠올리게 했다. 그곳에서의 한없이 작은 나는 노을이 지고 있는 해 질 녘, 얼굴 없는 그리움의 품에 안겨, 서럽게 울고 있었다. 나는 그 그리움이 누구인지 확신할 수 있었다. 목소리만으로 말라버렸다고 생각해 왔던 눈물이 다시 차오르게 할 수 있는 사람은, 이 세상에 단 한 사람밖에 없었으니까.

……어머니…….

'아들아, 나의 아이야. 너의 그 작은 가슴은 깊이를 헤아릴 수 없는 슬픔과 분노로 가득 차 원망으로 고름져 흐르고 있구나. 무엇이 너를 그토록 비참하게 만들었니? 나의 소중한 아들아. 네가 그동안 바라던 것이 대체 무엇이었는지, 나에게 숨김없이 모든 것을 이야기해주렴.'

어머니는 아련하고 슬픈 눈으로 나를 바라봐 주고 있었다. 따뜻하고 온정 어린 목소리로 나를 위로해주려 하고 있었다. 항상 상상해 오던 것이었다. 누군가라도 걱정스러운 표정으로 잔뜩 움츠러진 나에게 왜 그러냐고, 무슨 일이 있었냐고, 물어봐 준다면 뭐라고 대답해야 할까. 사실 그 대답을 오래전부터 생각하고 있었지만, 안타깝게도 여기에 오기까지 나에게 그런 존재는 단 한 사람도 없었다.

……전 그저 단 한 번만이라도 다시, 누군가에게 사랑이란 걸 받아보고 싶었어요. 평범하게 남들처럼 사랑하는 사람들과 일상을 함께하면서. 행복할 땐 웃고, 슬플 땐 울고, 화가 날 땐 화내고, 힘든 일이 있을 땐 사랑하는 사람에게 기대는 일. 나 또한 그들에게 소중한 사람이 되어 내가 갑자기 사라진다면 나를 걱정해 줄 사람이 있다는 것. 왜 나한텐 그런 평범한 것들이 허락되지 않았던 걸까요? 나는 늘 궁금했어요. 왜 나한텐 슬픔과 외로움이 당연해야만 했죠? 왜 나는 불행해야만 했을까요? 난 잘못한 게 아무것도 없는데…… 너무 억울해요. 모든 것이…… 미워요……. 모든 것이…… 난…….

말을 끝내기도 전에 눈시울이 붉어지며, 메말랐던 눈에서 뜨거운 눈물이 차올라 터져나왔다. 하지만 나 스스로조차, 이 눈물의 진정한 의미를 알 수 없었다. 이것이 사무치도록 보고 싶던 사람의 온기에서 비롯돼 차오르는 것인지, 내 일생을 제멋대로 흉측하게 조각하는 것도 모자라 그곳에 침을 뱉으며 비웃어 대던 이들에 대한 분노에서 비롯된 것인지. 닫은 지 너무 오래되어 흙먼지가 가득 쌓인 상자가 조금씩 열리고 있었다. 그 안에 무엇을 담아 뒀었는지, 너무 오래 잊고 있었던 것 같다.

어머니는 칼날같이 날카로운 손으로 내 볼을 타고 흐르는 눈물을 차분히 닦아주며 말씀하셨다.

'빛 하나 들지 않는 그늘에서 태어난 가여운 아이야. 인간은 누구나 슬픔과 불행의 씨앗을 지닌 채 태어나지만, 그것을 싹트게 하는 건 씨앗을 품은 이 스스로가 아니란다. 그 때문에 네가 경험해야만 했던 그 참혹한 슬픔과 불행을 피어나게 한 이들도, 반드시 함께 나누어 가져야 하지. 그것이 세상의 올바른 이치란다.

나는 나의 아이들이 끝내 가지지 못했던 것을 이루어 주거나 가지게 해 주는 것에 보람을 느낀단다. 어떤 아이는 자신이 감당하지 못할 만큼 참혹한 과거의 진실들을, 어떤 아이는 자신이 빼앗은 무수한 생명들을 담을 수 있는 항아리를, 어떤 아이는 이곳에선 아무 쓸모없음에도 불구하고 많은 양의 반짝이는 금붙이를, 그리고 어떤 아이는 누구든지 자신에게 복종하게 만들 힘을 원하기도 하지.'

어머니는 아기를 다루듯 나를 조심히 들어 올려, 가만히 눈을 맞추셨다. 조그마한 흠집조차 없는 하얀 진주 같은 어머니의 얼굴은 그 자체가 하나의 아름다운 조각 같았고, 모든 것을 꿰뚫어 보는 듯한 붉은 빛의 눈은 바라보는 것만으로도 온몸이 전율하며 타오르는 것 같았다.

'나는 아이들이 원하는 것을 주고, 아이들은 기뻐하며 그 보답으로 나에게 자신들의 소중한 일부를 기꺼이 내어 준단다. 그리고 난 기여받은 아이들의 일부로 오랜 시간에 걸쳐 새로운 아이를 만들지. 나와 오랜 선조들은 이제 나이가 들어 힘이 다했으니, 우리의 뒤를 이어 이 낡고 병든 세상을 앞장서서 개국시킬 위대한 존재를……'

향린의 아이도, 두옥의 아이도 모두 그렇게 만들어진 나의 소중한 아이들이지만, 경이로운 육체에 비해 강인한 마음을 담지 못했단다. 그 이유로 한 아이는 먹는 것만을 너무나 사랑하게 되어 배를 채우는 것에만 희열을 느끼며 움직이고, 한 아이는 부끄러움이 많아, 무엇이든 훌륭하게 만들 수 있는 손으로 고작 마을 곳곳에 여러 채의 초라한 건물을 만들어 놓거나 높은 울타리를 세워 자신의 완벽한 모습을 숨기고 감추는 것에만 열중한단다. 하지만 작은 조약돌들이 모여 큰 바위가 되고, 바위에 이끼가 끼기까진 아주 오랜 시간과 정성이 필요한 법이기에, 그들도 새로운 천황님이 나타난다면 그를 따라 새로운 세상을 만드는 일에 큰 도움이 되어 주겠지.

자, 나의 아들아. 네가 바라는 것을 말해주렴. 네가 사랑을 바란다면, 그 사랑을 주마. 시간이 지나도 시들지 않는 영원한 생명과도 같은 사랑. 네가 그토록 바라던 뜨거운 사랑을 주마. 너는 나에게 마음을 주렴. 그 검은 보석과 같이 빛나는 아름다운 마음을 주렴. 너의 마음은 나를 감복시키는구나. 나의 아들아, 네가 바라는 것은 무엇이지?'

내가, 바라는 것.

손바닥만 한 작은 그릇을 들고 사랑을 동냥하러 다니던 아이는 결국 길바닥에서 굶어 죽어 이미 파리가 들끓는 시체가 되었고, 들고 다니던 그릇 또한 밟히고 밟혀 모래가 되었기 때문에 아이가 담을 수 있는 것은, 필요한 것은 더 이상 온정의 손길이나 사랑 같은 것이 아니었다.

……내게 쏟아졌던 모든 야유와 불행, 끔찍한 아픔을 모두가 똑같이 경험하길. 이유 없이 남을 비난하고 헐뜯고 혐오해 서로를 죽이기에 이르고, 희망을 품고 발버둥칠수록 더 깊은 늪에 빠져들어서 그 희망이 오히려 독이었음을, 아무런 의미가 없었음을 깨달아 피눈물을 흘리며 절망하길. 상대의 불행을 나의 기쁨인 것처럼 기뻐하고 비웃으며 모순과 위선, 싸움과 질병이 점철된 세상에서 선의가 가장 어리석은 가치임을 깨닫길. 세상 전부가 참혹할 정도로 깊은 고독과 외로움에 침식되어, 내가 그랬듯 모두가 마음부터 검게 썩어 문드러지고 병드는 것이에요…….

어머니의 하얀 얼굴은 유리가 부서지는 듯한 소리를 내며 벌어지기 시작했고, 한층 격양된 목소리로 말씀하셨다.

'자랑스러운 나의 아들! 네 새로운 이름은 아카구로이 신조(赤黒い心臓), 나와 우리 모두가 갈망하던 세상을 만들어 줄 아이, 나보다 더 위대한 존재가 되어 모든 생명체의 머리 위에서 군림할 새로운 천황.

흉하게 문드러진 상처가 가득한 낡은 인간의 몸은 이제 찢어버리고, 새로운 성체에 너의 심장을 담아 새롭게 태어나렴. 아들아, 앞으로는 네 피가 시키는 대로, 네 심장이 시키는 대로 하렴. 나는 네 그 검붉은 꽃이 더 활짝 필 수 있도록 기꺼이 좋은 양분이 되어

주마. 자, 내 품에 안기렴, 사랑하는 아들아. 고통은 한순간이겠지만, 그 이후의 영광은 영원하리라.'

어머니는 있는 힘껏 내 몸을 끌어안았고, 그 이후 난 아주 긴 꿈을 꾸었다. 아주 오랜만에 꾸는 편안한 느낌의 꿈, 꿈속에서의 나는 완전한 어둠 속에서 여전히 누군가에게 안겨 있었지만 더 이상 눈물을 흘리고 있진 않았다. 어쩌면 저 아이는 이제 누군가 따위를 그리워하며 우는 것이 아니라, 피와 살이 튀기는 참혹한 세상을 생각하며 웃고 있는 건지도 모른다.

……

……

……

쿵…… 쿵…… 쿵……!!

나 스스로조차도 소름이 돋을 정도로 차가운 피가 심장에서부터 시작해 몸속 굵은 혈관들을 타고 전신으로 퍼져 빠르게 흐르는 것이 느껴진다. 주변의 나무와 풀들은 나를 경계하며 조심스럽게 숨을 쉬었고, 땅의 맥박은 나를 중심으로 점점 빠르게 뛰기 시작했다.

하지만 아무리 애를 써 봐도 엄청 무거운 옷이라도 입은 것처럼 몸이 무거워, 움직일 수가 없었다. 지금 당장 내가 할 수 있는 거라곤, 가만히 눈을 뜨고 하늘을 바라보는 것뿐이었다.

하늘은 구름 한 점 없이 푸르고 맑았지만 오늘은 왠지 비를 맞고 싶은 날이다.

– 쿠우우웅…….

……?

비를 맞고 싶다고 생각했을 뿐인데, 방금까지 맑았던 하늘에 무겁고 덩치가 큰 먹구름들이 짐승 떼처럼 몰려들어 하늘을 검게 물들인다. 이내 한 방울의 비가 얼굴에 떨어졌고, 먹구름들은 곧 저들마다 가득 머금고 있던 비를 토해 내기 시작했다.

– 쏴아아아…….

갈증이 난 입을 벌려 그것을 가득 머금어 마셔보지만, 아무리 마셔도 갈증이 해소되질 않는다. 나는 다른 것을 마시고 싶다.

손끝과 발끝에서부터 조금씩 따듯한 느낌이 전해져 온다. 비가 원래 이렇게 따듯한 거였던가?

비는 얼어붙어 있는 몸을 조금씩 녹여주었고, 나는 곧 손가락과 발가락을 움직일 수 있게 되었다. 손가락을 오므려 주먹을 쥐어보니, 쇠사슬같이 단단한 힘줄을 타고 강인한 육체와 관절들이 느껴진다.

조심스럽게 한쪽 무릎을 세워 몸을 지탱하고, 팔로 땅을 디뎌 천천히 몸을 세워 앉는다.

내가 디딘 땅은 깊게 파여 구덩이가 되었고, 그곳엔 비가 고여 웅덩이가 되었다.

그리고 그 웅덩이는, 자신을 바라보는 나를 그대로 그리기 시작했는데, 그 위로 비친 것은, 내가 기억하던 나의 얼굴과는 조금 다른 낯선 것이었다. 분명히 어디서 본 듯한 얼굴, 나와 닮아 있긴 했지만 어딘가 성숙해진 나를 보는 것 같은 기분……. 고개를 이리저리 돌려보며 그것이 누구인지 떠올려보려 했지만, 불쾌해지기만 할 뿐 도저히 떠오르지 않았다.

무거웠던 몸이 조금은 가벼워진 것 같아 나머지 팔과 다리를 이용해 몸을 일으켜 세우니, 바람에 몸이 이리저리 흔들리며 휘청거렸지만 곧 온전히 설 수 있었다.

그런데 세상이 조금 작아진 것인지, 내가 조금 자란 것인지 항상 눈앞을 가리던 나무들은 고작 허리에 머물렀고, 조금만 손을 뻗으면 구름마저 만질 수 있을 것 같았다.

고개를 숙여 시선을 낮추자, 모든 것이 시작되었던 나의 복행 마을이, 언덕 아래로 훤히 들여다보였다. 마을 사람들은 내가 무사히 돌아오기만을 기다리고 있겠지. 어서 가서, 진정으로 건강해진 내 모습을 보여주고 싶다. 아, 먼저 그 사람을 제일 먼저 찾아가야겠다.

이제 비는 앞이 잘 보이지 않을 정도로 세차게 내린다. 이 비는 한동안 그치지 않고 내릴 것이다. 이 작은 웅덩이가 호수가 되고, 호수가 범람하여 강이 되고, 바다가 되어 내가 허락하지 않은 것들이 모두 쓸려나갈 때까지 한없이 내릴 것이다.

살아 숨 쉬는 모든 것들에게, 내 존재를 실감케 하리라.
이 드넓은 하늘을 핏빛으로 물들이리라.
절망이라는 이름의 검붉은 꽃을 완벽히 피워내 보리라.

입꼬리를 올려, 미소를 지어 본다.
나는 지금, 그 어느 때보다 행복하다.

Epilogue

윤회

A: 그러니까 떠내려온 가방 속에 그 일기장이 들어 있었다고?

B: 예. 뭔가 삼류 소설 같으면서도 좀 찜찜해서요. 조사를 좀 해
봐야 하는 게 아닐까요?

A: 음······. 복행 마을이라, 내 짬밥 24년 동안 그런 곳은 처음
듣는다. 아휴 이게 왜 이렇게 안돼!

오 순경은 찢어진 일기장을 관심 있게 들여다보지만, 김 경사는
라이터로 담배에 불을 붙이는 데만 열중할 뿐, 크게 관심을 갖지
않는다.

B: 일기 초반에 묘사된 부분만 보면…… 아마 여기에서 조금 더 들어간 기세산 쪽인 것 같거든요? 아이, 생각 좀 해 보세요. 이곳 토박이시잖아요.

A: 흐음……, 글쎄다……. 그 산은 산세가 너무 험하고 가파라서 사람이 살기는커녕 들어가지도 못할 산이야. 잠깐만, 아~! 거기가 거긴가?

B: 예? 뭔데요?

오 순경의 말을 듣던 중, 김 경사의 눈빛이 달라지더니 잠시 생각에 잠긴 듯, 담배를 도로 주머니에 넣고 입을 열었다.

A: 내가 어렸을 때 할머니한테 들은 이야긴데, 그때가…… 일제 강점기였는데, 기세산으로 일본인들이 많이 몰려온 적이 있었대.

B: 예? 이렇게 아랫지방에 일본인들이요?

A: 응. 그런데 그때가 1900년도 초반이니까 엄청 오래됐지. 할머니는 그 산을 등진 아랫마을에 살고 계셨는데, 어느 날 갑자기 하얀 옷을 입은 사람들이 떼거리로 몰려오더니 화려한 옷을 입은 여자 한 명을 큰 가마에 태우고 기세산으로 들어

가더래. 그런데 그 화려한 옷을 입은 여자는 임신이라도 했는지, 배가 나와 있었는데 대체 몇 명을 임신한 건지…… 배가 금방이라도 터질 것처럼 엄청 부풀어 있었다나봐. 그리고 타고 있는 가마도 얼마나 으리으리한지, 고작 여자 한 명을 태웠으면서 20명은 거뜬히 타도 될 만큼 컸다고 했어. 할머니 말로는, 그 상황이 굉장히 기이했다고 하셨지.

오 순경은 나름 심각한 표정으로 김 경사의 말을 경청하며, 다시 한번 일기장을 들여다봤다.

A: 그리고 그런 일이 있고 난 뒤로 마을에 사람들이 심심하면 한 명씩 사라지고, 일본인들이 씨앗을 가져와서 심은 건지…… 뭐 어찌 된 건지, 들판에 희한하게 생긴 붉은 꽃이 피더니 점점 마을 곳곳에도 피고 그랬다나 뭐라나.

B: 예? (잠깐, 붉은 꽃 이야기는 일기에도 등장하는데?) 그럼, 그 일본인들이 마을 사람들을 납치라도 한 겁니까?

A: 뭐…… 그 당시엔 그렇게 생각했다나 봐. 그래서 마을 사람들 몇 명을 모아서 일본인들을 찾으려고 기세산으로 들어갔지만…… 결국 돌아온 사람은 단 한 명도 없었다더군. 그 이

후엔 할머니도, 마을 사람들도 공포에 질려서 결국 마을을
떠났대.

B: 와…… 엄청난 일이 있었군요.

A: 뭐, 이 이야기도 그냥 전설처럼 떠도는 이야기일 수도 있어.
그 당시 분들은 다 돌아가시고 이젠 없으니 사실인지 알 길
이 없지. 음…… 마을 이름이 뭐라고?

B: 복행 마을이요.

A: 행복이면 행복이지…… 복행은 또 뭐야…….

B: 그리고 향린 마을도 있네요? 어, 향린 마을은 실제로 있는
곳이잖아요. 가본 적은 없지만 들어본 적은 있어요.

A: 어우…… 향린 마을이 왜 거기서 나오냐. 거기 이야기는 꺼
내지도 마. 그 마을은 너무 기분 나쁜 곳이야.

B: 왜요? 가보신 적 있으세요?

A: 오래됐지. 내가 여기로 발령해 온 지 2, 3년 정도밖에 안 됐
을 때니까……. 그때 향린 마을에서 뭘 태우는지 이상한 연
기가 밤낮없이 자꾸 피어오른다고 근처 사시는 할머니가 눈
이 따가워서 못 살겠다면서 민원 신고를 한 적이 있어. 그래
서 사실 확인차 향린 마을에 방문했는데, 사람들 눈빛이 너
무 이상하더라고……. 분명히 웃으면서 이야기하고 있는 것

같은데, 자꾸 노려보는 느낌이 든다고 해야 하나? 외부 사람들을 극도로 경계하는 느낌이었어. 아무튼 신고를 받고 간 거니 마을을 한번 쭉 둘러봤는데, 뭘 태웠던 흔적도 없었고, 불법적인 시설도 없는 것 같아서 이장으로 보이는 사람한테 민원이 들어와 방문해 봤다 하고 복귀했지. 근데……

좀 소름 끼치는 건, 그러고 나서 며칠 뒤에 그 할머니가 사라졌다는 거야.

B: ……네?

A: 할머니가 일구던 밭은 다 헤집어져 있고, 며칠 동안 집 문이랑 창문이 다 열려 있어서 방문해 봤더니, 할머니가 없었대.

B: 그럼 수사는…….

A: 할머니는 혼자 사신 지 오래되었고, 가족도 없으셨다나 봐. 뭐, 수사 자체가 시작될 수 없었지, 신고가 없었으니까. 당시 선배들한테 듣기로는 그 마을에는…… 음…….

김 경사는 분명히 무언가를 말하려고 했지만, 순간 표정이 굳으며 말을 얼버무렸다.

A: 아니야! 아무튼 너도 웬만하면 그쪽으로 가지 마, 별로 느낌

이 안 좋아. 거긴······.

B: 아, 뭐예요······. 그 마을이 왜요? 그전에도 무슨 일이 있었 나요?

A: 야! 됐고, 그 미친놈이 쓴 것 같은 소설책은 태우든지 버리든 지 해라, 기분 나빠. 부정 탈 것 같단 말이야. 어휴! 근무 끝 나고 오랜만에 마사지나 받으러 가자. 몸이 너무 찌뿌둥해.

B: 아, 네. 알겠습니다. 이것만 정리하고 금방 따라가겠습니다.

A: 그래, 빨리와.

B: 휴······ 분명히 뭔가 알고 계신 것 같은데? 이런 건 정말 궁 금해서 참을 수가 없단 말이야. 뭔가 엄청나게 수상한 냄새 가 나잖아. 흠······ 그런데 복행이라······. 이게 대체 무슨 뜻 이지? 한 번도 들어본 적 없는 단어인데······.

오 순경은 쥐꼬리만 한 월급을 모으고 모아 이번 달에 장만한 신형 스마트 폰으로 '복행'이란 단어를 검색해 본다. 그러자 검색 결과들이 화면을 가득 채운다.

복행(伏幸): 편지글에서, 자신의 다행함을 겸손하게 이르는 말

음, 이건 아닌 것 같고…….

복행(復行): 다시 실시함

흠…… 이것도 좀 애매하네.

복행(復行): 착륙하려고 내려오던 비행기가 착륙을 중지하고
다시 날아오름

비행기랑은 관련이 없지…….

복행(服行): 복종하여 실행하게 함

어?

(1)

복행 마을 사람들의 이름은 모두 신체의 일부분을 뜻한다.

후쿠라하기(ふくらはぎ) – 종아리

로코츠(肋骨) – 갈비뼈, 늑골

무네(むね) – 가슴

카타메(片目) – 한쪽 눈

후토 모모(太もも) – 허벅지

츠마사키(つまさき) – 발끝, 발부리, 발가락 끝

나이조우(ないぞう) – 내장

유비(指) – 손가락

히자(膝) – 무릎

오나카(お腹) – 혓바닥

진타이(靭帯) – 인대

토피(頭皮) – 두피

(2)

히닌(非人)

히닌은 불교 용어로서 '사람이 아닌 것이 사람의 형상을 하고 있다'라는 뜻의 단이이다.

(3)

무라하치부(村八分)

일본 에도 시대에 촌락 공동체 내의 규칙 및 질서를 어긴 자에 대해 집단이 가하는 제재 행위를 가리키는 것. 지역사회에서 특정 주민을 배척하거나 집단에서 특정 멤버를 배척하는 일, 집단 따돌림, 괴롭힘

(4)

장 씨(후토 모모)가 재단 앞에서 한 말

単独でご挨拶できてとても光栄です.

단독으로 인사드리게 되어 매우 영광스럽습니다.

私は収穫者のフトモモです.

저는 수확자 후토 모모입니다.

この子は私からの寄贈物です.

이 아이는 제가 드리는 기증물입니다.

どうぞお口に合ったらと思います.

부디 입맛에 맞으셨으면 좋겠습니다.

(5)

주인공이 마을을 도망쳐 나와 풀숲에 숨어있을 때, 알 수 없는 존
재가 한 말

"血の匂いがするじゃん……? 血のにおいが……."

피 냄새가 나잖아……? 피 냄새가…….

"そこに隠れて何をしているの……?"

"거기 숨어서 뭐하는 거야……?"

"そこは君の無気力な祖先が埋葬された場所だそうだ."

"그곳은 무기력한 너의 조상들이 묻힌 곳이란다."

(6)

초월적인 존재를 만나기 전, 주인공을 업고 온 남자가 한 말

"⋯⋯私の体とこの子をお母さんに差し上げます."

"⋯⋯제몸과 이 아이를 어머니께 드리옵니다."

(7)

아카구로이 신조(赤黒い心臓) − 검붉은 심장

여름의 끝자락에

아지랑이처럼 나타나

뱀처럼 움직이는 하얀 것

- 우르르 쾅쾅…… 쏴아아아.

우리 엄마에겐 아주 독특한 습관 같은 게 있어. 이렇게 비가 오는 날엔 대화를 하다가도 갑자기 어딜 쳐다보는지 모를 멍한 표정을 하면서, 목을 천천히 좌우로 흔들흔들하는 습관이지. 옛날엔 이런 엄마가 가끔 무서울 때도 있었는데 지금은 그냥, '또 시작이네……' 하고 내버려 두는 편이야.

엄마의 특이한 이 습관은 평소에 자주 볼 수 있는 건 아니고 1년 중 특별한 때만 볼 수 있는데, 정확히 말하자면 시원한 바람과 따뜻한 바람이 번갈아 부는 여름의 끝자락 쯤이야. 이 때가 되면 그 증상이 하루에도 몇 번씩 반복되곤 해. 근데 그냥 독특한 습관인 줄 알았던 이 행동에 대한 비밀을 며칠 전 우연히 알게 되었지. 그 날은 엄마와 함께 밤에 잠을 자다가 엄마가 갑자기 엄청난 비명을 지르면서 땀범벅이 된 채 새벽에 일어난 날이었어. 나는 엄마 비 명을 듣고 너무 놀라서, 집에 도둑이라도 든 줄 알고 심장이 멎을 뻔했지. 엄마는 일어난 이후로도 좀처럼 진정이 되질 않았어. 몸 을 사시나무처럼 바들바들 떨어대면서 식은땀은 또 얼마나 흘렸는 지, 누워있던 이불이랑 옷이 모두 흠뻑 젖을 정도였어. 나는 엄마 를 위해 물을 끓여 따듯한 녹차를 만들어 줬고, 엄마는 그제야 조 금 진정이 됐는지 떨림도 멈췄고, 불안함도 잦아드는 것 같았어. 그래서 조심스럽게 엄마한테 물어봤지.

"엄마, 무서운 꿈 꿨어?"

그랬더니 엄마는 나를 지긋이 바라보며 웃더니, 금세 다시 심각 한 표정이 돼서 나한테 이런 이야기를 해주더라. 그 이야기가 정말 사실인지는 모르겠지만 뭔가 너무 오싹한 이야기라, 너희들도 그 냥 한 번 들어봐 줬으면 좋겠어.

사실 우리 엄마는 일본 사람인데 어릴 때는 일본 도호쿠 지방 아키타현의 조금 외진 곳에서 외동딸로 태어나 자랐대. 엄마가 살 았던 마을은 바다와 가까워서 그런지 비도 자주 오고, 뿌연 안개가 짙은 날이 많아서 조금 우중충한 분위기였지만, 마을 사람들끼리

화기애애하게 다들 친하게 지냈다나 봐. 마을 초입의 작은 학교를 제외하면 특별히 큰 시설도 없었고, 그에 비해서 논은 엄청 많고 또 넓어서 마을 사람들 대부분이 농사를 지으며 살았대.

그런데 옛날 시골집엔 모든 집에 씻을 수 있는 공간이 있는 게 아니어서, 집에 욕실이 없는 사람들은 주변의 큰 집을 찾아가 욕실을 빌려 쓰는 경우가 많았대. 그런데 엄마가 살던 집은 마을에서 가장 컸고 또 외할아버지가 워낙 목욕을 좋아하셨고 또 진심이셔서 욕실에 대중목욕탕처럼 큰 탕도 만들어 두셨기 때문에, 저녁쯤이 되면 간간이 이웃들이 가족들을 데리고 와서 목욕탕을 쓸 수 있도록 부탁하곤 했다는 거야. 할아버지는 워낙 너그러우신 성격이셔서 (나는 한 번도 뵙지 못했지만……) 물어보지 말고 편하게 쓰라고 하셨는데, 이웃들은 그 마음에 감사하면서 필요 없다고 몇 번을 말해도 먹을 거라던가 생필품을 들고 엄마 집으로 모여들었대.

엄마는 하루 중 목욕하는 그 시간을 가장 기다렸다고 했어. 왜냐하면 목욕물이 끓을 동안, 또 어른들이 먼저 씻을 동안 이웃들이 데려 온 또래 아이들이랑 숨바꼭질을 하면서 놀 수 있었기 때문이지. 당연한 이야기겠지만 엄마는 집 안의 구조를 모두 알고 있어서 술래를 하든 숨는 쪽이 되든 가장 빨리 찾고, 가장 오래 숨어 있었대.

그날은 엄마가 숨는 역할이었는데, 이번에도 역시 시간이 꽤 많이 흐르고 나서야 술래는 엄마를 찾을 수 있었대. 그런데 엄마는 자기가 가장 늦게 발견됐을 거라 생각했는데, 밖으로 나와보니까 그날 무리에서 가장 어린 '유타'라는 남자애가 아직까지 발견되지 않은 상황이었다는 거야. 이후에도 술래가 온 집 안을 돌아다니면서 유타를 찾았지만 아무리 집 안을 뒤져봐도 찾을 수가 없었대. 그래서 다같이 힘을 모아 '유타! 유타!' 이름을 부르며 살펴본 곳도 다시 살펴보고 했지만, 유타는 그 어디에도 없었다고 했어.

결국 엄마와 친구들은 겁을 먹고 이 사실을 어른들에게 알렸고, 먼저 목욕을 마치고 나온 어른들은 깜짝 놀라면서 집 안의 빈방들은 물론, 혹시나 해서 집 밖에 있는 우물 안쪽도 들여다 보고 지붕 위까지 올라가 유타를 부르며 찾았지만, 유타는 원래부터 여기에 없었던 것처럼 발자국 하나 남기지 않고, 흔적도 없이 사라진 상태였대.

그렇게 시간은 한참 지나가 버렸고, 어느덧 자정에 가까운 시간이 돼 버리고 말았는데, 갑자기 할아버지가 무언가에 질린 듯 핏기 없는 심각한 표정으로 이렇게 말씀하셨다는 거야.

"안 돼……. 카미카쿠시다…… 카미카쿠시야……. 돌아오고 만 것이야!!"

그 말을 들은 유타의 부모님과 엄마, 그리고 엄마의 친구들은 주저앉아 울음을 터트리고 말았대. 카미카쿠시는(神隱し) 귀신이나 요괴 같은 어두운 존재가 아이를 훔쳐 갔을 때 쓰는 표현인데, 그 당시엔 카미카쿠시를 당했을 때 자정까지 아이를 찾지 못하면, 그 아이는 죽어서 영영 돌아오지 못한다고 믿었었대. 그리고 결국, 자정을 알리는 시계가 울리고 말았지.

– 댕…… 댕…… 댕…….

그런데 그 순간, 엄마는 갑자기 뒤에서 불길하고 불결한 기운이 목덜미를 타고 오르는 것 같은 기분이 들었대. 그래서 뒤를 돌아봤는데, 마루 밑에서 뭔가가 꿈틀거리면서 기어 나오더라는 거야. 긴장을 잔뜩 하고 있었던 엄마는 그게 귀신인 줄 알고 비명을 쩍 질렀는데, 자세히 보니 그건 모두가 그토록 찾던 유타였대.

엄마의 비명에 주변에 있던 사람들이 순식간에 집 마당으로 모여들기 시작했고, 어수선한 분위기 속에 엄마는 유타를 찾아서 너무 다행이라는 생각이 듦과 동시에 너무 이상하다는 생각이 들었대. 왜냐하면 분명히 엄마랑 친구들, 그리고 어른들도 마루 밑을 몇 번씩이나 뒤졌다고 했거든. 그런데 그것도 제일 잘 보이는 곳에서 유타가 기어 나오다니…….

엄마는 멍하게 서 있는 유타에게 "유타, 대체 어디 갔었어!"라고 말하며 조금씩 다가갔는데, 갑자기 할아버지가 엄마 팔을 아주 거칠게 획! 잡아 끌면서, 다가가지 못하게 했대. 그 힘이 얼마나 셌는지, 순간적으로 눈물이 고일 정도였다고 했어. 엄마는 영문도 모른 채 우선 눈물을 닦고 유타를 먼발치에서 바라봤는데, 자세히 보니 옷을 제외한 얼굴과 팔다리에 뭐가 묻은 건지, 아니면 피부에 뭐가 난 건지 하얀 곰팡이 같은 게 온몸을 뒤덮고 있었대.

유타는 추운지 그 자리에서 가엾게 몸을 부르르 떨고 있었지만, 어른들은 모두 심각한 표정을 한 채 일정 거리를 두고 그 누구도 유타에게 다가가지 않더래. 그 순간 외할아버지보다 나이가 많은 어르신이 가시가 잔뜩 박힌 나뭇가지를 들고 앞으로 나오시더니, 이렇게 말씀하셨대.

"넌, 누구냐!"

그러자 유타는 더 심하게 몸을 떨기 시작했고, 갑자기 절대 자연적으로 할 수 없는 기묘한 모양으로 팔을 여러 번 방향을 틀어 꺾었고, 뼈끼리 부딪히고 부러지는 소름 돋는 소리가 집 안 전체를 울렸다고 했어. 그리곤 이내 허리도 한 바퀴 돌아가면서 갈비뼈들이 제자리를 벗어나 뱃가죽 밖으로 튀어나오려고 했고, 다리뼈도 무릎이 반대 방향으로 꺾이더니, 그 기이한 자세로 꺾인 신체 부위들을 펄럭거리며 몸을 계속해서 떨어댔대.

엄마는 당장 그 자리에서 벗어나고 싶었지만, 엄마를 포함해 그 곳에 있던 모든 사람들이 찍소리 하나 내지 못하고 가만히 유타를 바라보고 있었대. 마치 눈을 떼고 이곳에서 벗어나려고 한다면 형용할 수 없는 큰 저주를 받을 것만 같았다고 했지.

피부가 유난히 하얗던 유타의 몸은 계속해서 더 잘게 꺾였고, 더 이상 망가질 곳이 없을 정도로 망가진 유타는 결국 뼈가 모두 녹아내린 것처럼 바닥에 쓰러져 누군가를 간절히 부르는 듯한 소리를 내면서 끊임없이 구불구불했대. 그러다 엄마는 유타와 눈이 마주치고 말았고, 그 끔찍한 몰골을 견디다 못한 엄마는 결국 그 자리에서 정신을 잃고 쓰러져 그 뒤의 일은 아무것도 기억하는 게 없다고 했어.

엄마는 그 이후 아주 긴 꿈을 꾼 것 같았대. 꿈에서 누군가를 만났고, 그 누군가가 자꾸만 엄마의 목을 조르려고 해서 도망치는 아주 길고 긴 꿈……. 그리고 눈을 떴을 때 엄마는 자기가 지금도 꿈을 꾸고 있는 건가 싶었대. 몸을 전혀 움직일 수가 없었거든. 그래서 눈을 이리저리 돌리다가 주변을 둘러쌌듯 놓여 연기를 뿜어내고 있는 독한 향과 머리 위 천장에 매달려 있는 큰 거울을 보게 되었는데, 거울에 비친 엄마의 몸은 얼굴만 빼고 새하얀 붕대로 마치 미라처럼 칭칭 감겨 있었대.

겁에 질린 엄마는 울부짖으며 외할머니를 불렀고, 어른들 여럿이 허겁지겁 와서 엄마를 그대로 마당으로 데리고 나갔는데, 햇빛을 대체 얼마만에 보는 건지 눈이 타들어 가는 것 같아 눈물만 줄줄 흘리면서 눈을 뜰 수 없었대. 어른들은 붕대로 묶여 있는 엄마를 짚 더미에 올려 두었고, 곧 외할아버지랑 외할머니가 나타나셨는데, 두 분은 삼 년에 한 번 제사 때나 입으시던 뾰족한 모양의 모자랑 의식 복을 입고 있었다는 거야. 그리곤 또 다른 어른이 양동이를 든 채 다가왔고, 양동이에 든 것을 누워있는 엄마한테 끼얹었대. 끈적끈적하면서 짓무른 냄새가 진동하고, 쓰고 짠 것. 그건 여러 동물들의 피를 섞어서 삭힌 것이었지.

하지만 이해할 수 없는 어른들의 행동은 그것이 끝이 아니었어. 피범벅이 된 채 충격을 받아 멍한 표정의 엄마가 뉘어져 있는 짚 더미에 이번엔 외할머니와 외할아버지가 횃불을 들고 와 불을 붙인 거야. 짚에 불을 붙이자마자 엄마 주변으로는 연기가 피어올랐고, 엄마는 점점 타들어 가는 짚 더미 속에서 왜 자기가 죽어야 하는지, 왜 자기를 지켜주지 않는지만을 생각하며 처음으로 부모를 원망했대. 불길은 점점 거세졌고, 살이 타들어 가는 통증이 조금씩 느껴지려는 찰나, 외할머니가 달려들어서 물을 끼얹으며 불을 껐고, 외할머니를 도와 외할아버지는 아직 불씨가 남아있는 엄마를 들쳐 안고 끌어낸 뒤 날카로운 농기구들로 엄마의 팔다리를 내리치기 시작했다는 거야. 그러자 엄마 몸에서는 '쩍, 쩍' 무언가가 갈라지는 소리가 나면서 드디어 몸을 움직일 수 있게 되었는데, 알고 보니 엄마가 움직일 수 없었던 이유는 몸이 석고같이 단단한 것으로 고정되어 있기 때문이었대. 축 늘어진 엄마를 외할머니는 끌어안으시고 아이처럼 엉엉 울면서 외치셨대.

"미안하다, 미안해……. 우리 때문에 네가 벌을 받는구나. 하늘님이시여, 부디 아이를 데려가지 마시고 저희를 벌하시옵소서!"

외할아버지와 다른 어른들도 내 옆에 도열해 무릎을 꿇고 앉아 외할머니가 한 말을 똑같이 하며 머리를 조아렸지. 그 사건 이후, 엄마는 넉 달이 넘는 시간 동안 집 안에서 요양을 하면서 체력을 회복했대. 처음엔 다리 근육이 다 빠져서 걸을 수도 없었고, 물이 담긴 컵을 드는 것조차도 할 수 없었다고 했어. 이후 외할머니가 알려주시길, 엄마는 그 사건 이후 무려 한 달이나 의식을 차리지 못했고, 그동안 뭘 먹지도 못해서 결국은 살리지 못하는 건가, 걱정하고 계셨대.

엄마는 궁금한 게 많았지만 우선 살아야겠다라는 일념 하나로 버텼고, 기적적으로 다시 걸으면서 일상 생활을 할 수 있게 됐다고 했어. 엄마는 뭔가를 숨기고 있는 게 분명한 외할아버지를 찾아가서 왜 그런 일이 생겼냐고 물어봤는데, 외할아버지는 쓸쓸한 표정을 지으며 13일 뒤 큰 제사가 있을 예정이니 제사가 끝나면 모든 걸 숨김없이 말해주겠다고 약속하셨다고 했어.

생각해 보면, 엄마가 살았던 유독 큰 집에는 이상한 점들이 꽤 많았다고 했어. 다른 친구들 집에는 꼭 필요한 방만 있는 것에 반해, 엄마가 살던 곳에는 먼지 쌓인 제단만 덩그러니 놓여 있는, 곰팡이로 가득한 빈방도 있었고, 세우지도 않는 허수아비들이 가득한 방에 여러 개의 막힌 우물들까지. 그 사건이 일어나기 전까지만 해도 숨바꼭질하기 좋은 구조로만 생각되던 곳들이 갑자기 무섭게 느껴지기 시작했대. 그렇게 13일이 순식간에 지나갔고, 외할아버지 말씀대로 이전에 본 적 없는 규모의 큰 제사가 아침 일찍부터 저녁 늦게까지 열렸는데, 외할아버지랑 외할머니는 제사가 끝날 때까지 방에서 절대 나오지 말라고 하며, 문을 밖에서 잠가 두시기까지 하셨대.

밖에선 북소리도 나고, 불경을 처절하게 읊는 소리도 나고, 여러 동물들의 비명과 집 안 물건들을 이리저리 옮기는 소리도 들렸지만, 엄마는 차분하게 제사가 끝나길 기다렸다고 했어. 그렇게 몇 시간의 제사가 끝나자 외할아버지는 누구의 것인지 모를 핏자국과 땀으로 범벅이 된 채 엄마를 마당으로 불렀고, 그곳에서 그동안 숨

겨왔던 이야기들을 들려주셨대. 그리고 엄마는 그날 그 이야기를 듣고, 큰 결심을 했다고 했어. 외할아버지는 다음과 같이 말씀하셨대.

"아주 오랜 옛날 계급이란 것이 존재했을 때, 우리 가문은 가난한 하층민 계급의 뿌리에서 시작되었단다. 그 당시 하층민은 자기들을 돌봐준다는 대가로 놀고먹는 무사들에게, 세금 명목으로 1년에 2번 엄청난 양의 쌀과 식량을 바쳐야 했어. 할당량을 채우지 못하면 그 벌로 모두 보는 앞에서 무사들의 무시무시한 칼에 가족들이 죽어 나가는 것을 지켜봐야 했지. 그래서 조상님들은 최대한 많은 인력이 필요해 자식을 많이 낳았고, 그 아이들은 어릴 때부터 밭에 나가 일을 도와야만 했다.

그런데 어느 날부터 가문에 흉조가 들었는지, 심는 작물마다 모두 싹이 트기도 전에 썩어버리고, 태어나는 아이도 팔이 하나가 없거나 머리가 찌그러진 채 눈을 뜨는 등 연달아 기형아가 태어나기 시작했지. 그 때문에 결국 할당량을 채우지 못 하니 술에 취한 무사들은 문을 부수며 벼락같이 찾아왔고, 조상님들은 나머지 식량은 다음에 반드시 채워서 드리겠으니, 자비를 베풀어달라고 사정사정했지만, 무사들은 코웃음 치며 보란 듯 가족들에게 몹쓸 짓을

166

하고 배를 갈랐단다. 그리곤 초가을에도 같은 일이 반복되는 게 싫으면 어떻게 해서든 평소 두 배의 식량을 준비하라고 협박한 뒤 웃으며 돌아갔지.

하지만 당장 식구들이 먹을 밥도 없던 상황이었기에 그것은 현실적으로 불가능한 일이었단다. 그래서 적어도 인간의 모습으로라도 소천하고자, 조상님들은 한날한시 모두가 죽기로 결심했고, 죽기 전에 배라도 가득 채우고 가자는 심보로 얼마 남지도 않은 식량들로 모두 밥을 지어 처음으로 상을 가득 채웠다고 하는구나. 앞으로 무슨 일이 벌어질지도 모르고 아이들은 해맑게 웃으며 좋아했지만, 그런 모습을 보며 조상님들은 무슨 생각을 했겠니. 그런데 딱 한 입을 들려는 때, 등이 굽고 머리 피부가 다 벗겨져 해괴한 몰골을 한 승려 한 명이 찾아와 작은 밥그릇을 내밀며 먹을 것을 좀 나눠달라고 했다는구나. 조상님들은 어차피 다 먹지도 못할 밥이니 마음껏 먹으라며, 승려의 밥그릇을 가득 채워주었고, 가족의 명복을 빌어달라고 했지.

승려는 감고 있던 눈을 슬그머니 뜨더니 '무슨 염려라도 있으십니까'라고 물었고, 조상님께선 그간 있었던 일을 낯선 승려에게 모두 털어놓으셨지. 그러자 승려는 조상님과 그의 가족 그리고 집 앞의 드넓은 밭을 천천히 훑어보더니, 타개할 수 있는 방법이 있지만 큰 결심이 필요하다는 묘한 말을 했다고 하는구나. 이에 조상님은 그런 방법이 있다면 무슨 일이든 하겠다고 하셨고, 승려를 집으로 들이셨지. 그리고 승려는…… 이렇게 믿기 힘든 말을 했단다.

'이 앞의 밭은 제가 이제껏 본 곳 중 가장 기름진 곳입니다만, 그 아래에는 지나치게 많은 원령들이 아직도 꾸물대고 있습니다. 무로마치(전국시대), 이곳은 아마도 피가 쏟아지던 전쟁터 같은 곳이었겠지요. 원혼들의 대부분은 뭣 모르고 혈기 왕성한 어린 나이에 전쟁터에 끌려 나와 죽은 가난한 자들이기에 그들의 원(怨)은 허기입니다. 그런 곳에 밭을 일구었으니 냄새를 맡고 원령들이 하나둘 씩 깨어나 그 양분을 뒤늦게 좀먹고 있는 것이지요. 그리곤 밭에 있는 양분으로도 부족하니, 뱃속의 생생한 아기에게까지 손을 대는 것입니다. 이런 어린 원혼들은 배가 터지도록 밥을 많이 주고 명을 빌어주면 알아서 사라지곤 하지만, 불행히도 이곳의 원혼들은 절대 배를 채울 수가 없습니다. 온몸으로 칼을 맞아 썰려져 나가 먹는 족족 빠져나가기 때문이지요. 하지만 방법은 있습니다. 어린아이의 울음을 멈추게 하는 것과 똑같지요. 바로 겁(怯)을 주는 것입니다. 하지만 그 방법은 인간에게 너무나도 가혹합니다. 인간이 아닌 존재에게 겁을 주려면, 인간이 아닌 짓을 해야만 하지요.

그런 일을 할 수 있으시겠습니까?'

선택 같은 것을 할 수 있는 상황이 아니었지. 당장 그 방법을 알려 달라고 했고, 승려는 하룻밤을 묵은 뒤, 인사도 없이 연기처럼 사라졌다고 하는구나. 조상님은 승려가 알려준 방법을 바로 시행했단다. 뒷산을 올라 나무를 해 오시곤, 아래 한쪽이 긴 열 십(十)자 모양으로 만드셨지.

그리고 밭 한가운데에 그것을 깊이 박으시고, 그곳에 머리가 찌그러진 채 태어난 자기 자식을 묶어 두셨단다. 아이는 그곳에서 벗어나려고 뙤약볕 아래에서 비명을 지르며 몸을 꿈틀댔지만, 조상님은 이미 떠난 아이라 생각하시고 그쪽은 쳐다도 보지 않으셨지. 결국 아이는 며칠을 울었고, 결국 팔다리가 모두 부러져 기이하게 꺾인 모습으로 고개를 떨군 채 세상을 떠났다고 하는구나. 그리고 승려의 말대로 조상님께선 아이의 시신을 치우지 않고 마치 허수아비처럼 그 위로 짚과 헝겊으로 감싸 모습만 가려둔 채, 다시 밭에 씨를 뿌리셨지.

그런데 신기한 게 뭔지 아니? 그렇게 하니 이미 썩었다고 생각한 씨앗들에서까지 싹이 트더니, 이전에 없던 풍작이 계속해서 이어졌다고 하는구나. 심으면 심는 대로 자라나고 그 속도가 얼마나 빠른지, 초가을에 찾아온 무사들이 짊어지고 가기도 힘들 만큼 말이야. 그런 풍년은 몇십 년간 이어졌고, 그 덕에 우리 가문은 지금까지 명맥을 이어올 수 있었단다."

그러면서 외할아버지는 집으로 들어가시더니, 이제껏 열리는 줄도 몰랐던 천장과 문턱 사이의 문을 밀어 여시곤 아주 오래된 고서들을 꺼내서 엄마에게 보여주셨대. 그건 엄마의 선조들께서 집안에 큰일이 있을 때마다 적어놓고 세대가 바뀔 때마다 새롭게 옮겨 적은 수기 책들이었지. 외할아버지께서는 유타와 엄마에게 왜 그런 일이 일어났는지, 그것을 읽어보면 알 수 있을 거라고 말하시고, 자리를 뜨셨다고 했어. 엄마는 그날 밤, 그 자리에서 책을 모두 읽으셨는데, 책에는 믿을 수 없는 이야기가 기록되어 있었대. 특히 아즈치모모야마 시대(1573년~1603년)에 적힌 수기에는 기묘한 내용이 적혀 있었다고 했어.

그것은 반세기에 한 번씩 불현듯 찾아온다. 그것은 더러운 영혼이다. 정확한 형체는 없지만, 그것은 여름의 끝자락 아지랑이처럼 피어나 하얀 뱀처럼 움직이고, 그것을 본 사람들은 기이한 소리를 내며 그것처럼 미치게 된다. 그것은 눈으로 들어갔다 기생하고 있는 몸이 죽으면 다시 나온다. 특히 어린아이들을 조심하게 해야 한다. 아이들이 그것을 보게 되면 반드시 한 시간 안에 그것과 같은 모습으로 죽게 된다. 되살릴 방법 따윈 없다. 하지만 그것도 매달린 것을 보면 또 다시 사라진다. 그런 일이 생길 땐, 망설이지 말고 매달아야 한다. 매달아라. 외면하고 도망치는 것은 불가능하다. 이 비극은 우리 가문이 지옥에 가더라도 짊어지고 가야 할 수밖에 없다.

엄마는 유타가 그런 모습으로 죽게 된 건, 수기에 나와 있는 '아지랑이처럼 피어나는 하얀 뱀 같은 것' 때문이었다고밖에 생각할 수 없었대. 엄마의 선조들은 자기들이 살기 위해 이해할 수 없는 일들이 생길 때마다 그 의미가 변질되어 아이들을 마치 재물처럼 바쳐 왔나 봐. 그리곤 밭에서 잠들어 있던 원혼들보다 더한 것이 오게 됐고. 짊어지고 가야 하는 일이라니, 마치 저주 같았지.

그리고 에도 시대(1603년~1868년)의 수기엔 엄마가 불에 태워질 뻔한 이유와 제사를 드리기 시작한 이유가 적혀 있었대.

그것은 실제한다. 그것은 부모의 이기심으로 죄 없이 죽어간 선대 아이들의 영이 뭉쳐진 것이다. 나와 자기 어미를 도와 밭일을 돕던 막내 딸아이 스즈키가 갑자기 웃기 시작하더니, 곧 하얀 반점이 일어나면서 온몸이 비틀려 고통스럽게 죽었다. 죽은 아이는 언제나처럼 웃고 있었지만, 그 참혹한 몰골은 아직도 잊히지 않고 나를 괴롭힌다.

이 일을 해결하기 위해 다이헤이 산을 올라 신사를 지키시는 무녀님을 어렵게 모셔 왔다. 무녀님께선 초입에서 갑자기 걸음을 멈추시더니, 그 자리에서 토를 쏟아내시며 이곳에는 썩은 내가 진동하는 악귀가 머물고 있다고 하시곤 여기서 무슨 일이 있었는지 물어오셨다. 나는 가족을 지키기 위해 솔직하게 말할 수밖에 없었다. 조상들이 남기신 내용을 숨김없이 모두 무녀님에게 말씀드렸다. 무녀님은 그 즉시 크게 꾸짖었고, 우리 가문은 존속될 가치가 없다며 악귀에게 모두 죽어 대가를 치르라 말하곤 등을 지려 했다. 나는 무릎을 꿇고 무녀님에게 살려달라 애원했고, 무녀님께선 감사하게도 마음을 돌리시어 자비를 베풀어 주셨다. 무녀님께선 이 일이 시작된 계기였던 밭에 머물던 잡귀들은 이미 그것에게 잡아먹혀 사라진 지 오래라고 하셨다. 그것은 자기 대신 살아남은 형제들에 대한 시기 질투와 부모에 대한 원망이 뒤섞여 오직 살의로만 이루어진 악귀이기 때문에 그것에게서 잠시 피할 수 있는 방법만 있을 뿐, 그것을 달래거나 영원히 잠재우게 하는 방법 같은 건 없다고 하셨다. 그

172

것을 막는 유일한 방법은 삼 년에 한 번씩 큰 제(祭)를 드리는 것뿐이라 하셨다.

　아이들을 더 이상 매달아 죽일 순 없다. 우리 세대에서 그런 끔찍한 일은 끝나야만 한다. 무녀님께서 알려주신 방법으로는 조상들이 아이들을 매달았을 때 쓰던 것들을 포함해 다른 여러 개의 허수아비를 만들어 밭에 세운 뒤, 살아있는 돼지의 피와 개의 피, 그리고 소의 피를 뽑아 내어 섞어 뿌려야 한다고 했다. 반드시 살아있는 상태에서 뽑아낸 것이어야만 한다. 그것은 발이 없어 발이 많은 짐승의 피를 두려워한다고 한다. 그리고 항마진언과 아이들이 무서워하는 큰 북소리를 내면 당분간 쫓을 수 있다고 하셨다.

　만약 그것이 몸에 들어왔다면, 그것이 몸을 헤집어 놓기 전에 서둘러 짐승의 피가 섞인 붉은 진흙으로 몸을 고정시키고, 강한 향에 사람과 동물의 뼛가루를 섞어 태워 그것처럼 여러 개의 하얀 아지랑이를 만들어 내야 한다. 그리고 온몸이 비칠 수 있는 커다란 거울을 매달아 그것이 자신의 모습 비슷한 연기가 주변에 피어오르고 있음을 보게 해 혼동을 주게 하라. 마지막으로 짚을 태우고 그 속으로 아이를 던져 연기를 몸에 감싸게 하라. 몇 시간이 걸리든 그것이 완전히 빠져나가게 해야 한다. 무녀님의 말대로 제를 드리기 시작하니 그것은 더 이상 나타나지 않았다.

허수아비와 짐승의 피, 그리고 불경과 큰 북소리. 원혼이 어린 아이에게서 비롯돼 생긴 것이라 그런지, 모두 아이들이 무서워하는 것들이 적혀 있었대. 그리고 수기 맨 아래, 낡지 않은 쇼와 시대 (1926년~1989년)라 적힌 수기 책도 있었는데, 그건 가장 최근 외할아버지가 써놓으신 거였지.

조상님들을 뵐 면목이 없습니다. 그것은 여전히 실존하여 사람의 목숨을 빼앗았습니다. 다행히 조상님들께서 알려주신 방법으로 딸아이를 구할 수 있었습니다. 죄송합니다. 솔직히 저는 이 수기들을 믿지 않았습니다. 제 부모님께서도 수기 대로 평생을 정성을 다해 제사를 드려왔지만, 저는 그것이 의미가 없다고 생각되어 부모님께서 돌아가신 뒤 단 한 번도 제대로 된 제사를 드리지 않았습니다. 그 대가는 너무나 참담하였습니다. 앞으로는 이러한 실수를 번복하지 않겠습니다. 제 후세대에도 가업을 잘 이어가도록 교육시켜놓겠습니다.

엄마는 마지막 줄을 읽고 숨이 막힐 것 같았대. 이미 자기는 운명이 정해져 있는 것만 같아서. 실제로 그 이후부터 삼 년마다 외갓집은 큰 제사를 드리기 시작했고, 엄마가 고등학생이 되자마자 외할아버지는 선조들이 남긴 수기에 적혀 있는 불경을 외우게 하는 등 제사를 드리는 방법을 강압적으로 배우게 했대. 하지만 그 과정은 큰 사건을 경험하고 여린 마음을 가진 엄마에겐 죽기보다 싫은 일이었고, 결국 엄마는 성인이 되자마자 부모님을 등지고 집을 떠나 도시로 간 뒤 그곳에서 한국 국적을 가진 아빠를 만나 결혼해서, 나를 낳으신 거지. 이제는 완전히 그 일을 잊고 살려고 노력 하지만, 불현듯 어릴 적 생각이 나면 자기도 모르게 고개를 까딱거리게 된대. 아마도 불안한 마음이 들어서 그러신 거겠지. 항상 나에게 웃는 모습만을 보여주려 하는 엄마에게 그런 일이 있었다니……. 이렇게 무거운 이야기를 갑자기 듣게 된 나는 엄마가 너무 걱정됐어.

"엄마, 이젠 정말 괜찮은 거야?"

"응 그럼! 엄마는 강한 사람이니까. 나는 우리 우태가 너무 잘 자라줘서 너무 기뻐요. 지금 생각해 보면 사실 너무 어릴 때 일이기도 하고, 엄마가 너무 심각하게 받아들인거라고 생각할 때도 있어."

엄마는 내가 외할머니, 외할아버지에 대한 이야기를 물을 때마다 어떻게 대답해 줘야 할지 고민이 많았대. 흠, 이야기를 듣고 보니, 엄마가 하얀색을 싫어하는 이유도 알 것 같네. 어릴 땐 그냥 쉽

게 더러워지는 게 싫어서 그런 줄 알았는데, 아마 그 이유 때문이
겠지? 우리 집은 벽지도 바닥도 심지어 그릇들도, 다 색이 있는 것
들이거든.

'여름의 끝자락에 아지랑이처럼 나타나 뱀처럼 움직이는 하
얀 것.'

그건 대체 뭐였을까? 외할머니와 외할아버지는 아직도 제사를
지내고 계실까? 한 번쯤은 뵙고 싶은데. 엄마는 외동이라 많이 외
로우실 것 같아. 아이참, 엄마가 또 목을 까딱거리시네. 해가 갈수
록 심해지는 것 같아 걱정이야. 어후, 근데 왜 이렇게 담이라도 걸
린 것처럼 목이 결리지?

– 까……딱.

웃는 원숭이가
사는 산

후⋯⋯ 어렸을 적 우리 마을엔, 절대로 들어가선 안 되던 산이 있었어. 산세가 높아 위험한 산들과는 전혀 달라. 그냥 무조건 들어가면 안 되는 산이었지. 왜냐하면 그 산에는 끔찍한 것이 살았거든. 그곳 출신의 아이들이라면 모르는 사람이 없을 정도로 아주 유명했어. 심지어 나는 그것을 실제로 본 적도 있어. 처음 그것과 그 산에 관련된 이야기를 들은 것은 내가 6살 때야. 그때의 기억들이 나냐고? 당연하지, 너무나 강렬하고 충격적인 경험이었으니까. 아마 난 죽기 직전까지, 아니 죽기 직전에도 그 일을 다시 한번 떠올리겠지. 물론 그 시절 전체가 모두 기억나는 건 아니지만, 그날만큼은 아침부터 저녁까지 일어났던 모든 일들이 생생하게 기억나.

여름이었지, 우리 마을은 참 무더운 곳이었어. 아침에 눈을 뜨니 땀범벅이 되어 있었고, 갈증이 나서 목을 축이려고 몸을 일으켰는데, 밝은 태양 빛이 내리쬐며 맑았지만 그와 동시에 안개가 자욱해서 약간 음산한 분위기였어. 물을 마시러 간 곳에서 만난 어머니는 또각또각 소리를 내며 분주하게 아침을 준비하고 계셨어. 어머니께 아침 인사를 드리고 무얼 만드시는지 엿보니, 내가 제일 좋아하는 키츠네(유부)와 식감이 좋은 츠케모노(야채 절임), 그리고 두부가 잔뜩 들어간 미소국이었어. 지금 생각해 보면 단출한 메뉴지만, 나는 아직도 어머니의 요리가 생각나곤 해.

　어머니는 국을 끓여야 하니 불을 피울 땔감을 가져와 달라고 부탁하셨고, 나는 신이 나서 마당으로 나갔어. 땔감을 가져오는 것은 항상 아버지 몫이었는데, 6살이 되니 나도 힘이 생겨서 아버지처럼 한 손으로는 아니지만 땔감을 가져올 수 있게 됐거든. 별것 아니었지만, 어린 마음에 강한 힘을 가진 아버지는 늘 동경의 대상이었지. 그렇게 나무토막이 잔뜩 쌓여 있는 마당으로 나가 한참을 어떤 놈이 적당할지 고민하다가, 내 몸통보다 조금 작은 녀석으로 골라 어머니께 가져다드렸어. 어머니는 고맙다고 말씀하시곤 상처가 많으신 손으로 머리를 쓰다듬어 주시며 잠깐 기다리라고 하셨지. 그날 햇빛이 얼마나 강했던지, 잠깐 나갔을 뿐인데 목덜미가 익어버려 간지러웠던 것도 기억이 나네. 그런데 밭에 나가 일을 하기엔 이른 시간이었는데도 불구하고, 아버지의 모습이 보이질 않는 거야. 그래서 어머니께 물어봤어.

"아버지는 어디 가셨어요?"

어머니는 이로리에 불을 피우시면서, 아버지는 아침 일찍 나무를 하러 산에 갔다고 하셨지. 그렇게 둘이 밥을 먹는데 내가 계속 옷을 펄럭이며 더워하니, 어머니는 밥을 먹고 마을 앞 개울에 가서 물놀이라도 하고 오라고 하셨어. 그 말을 들은 나는 재미있는 생각이 났고, 어머니가 먼저 자리를 뜨신 사이 몰래 남은 밥과 반찬을 뭉쳐 주먹밥처럼 둥글게 싼 다음 집을 나섰지. 그리곤 어머니 말씀대로 개울로 놀러 가기 위해 작은 언덕 너머에 사는 소타를 만나러 가는데, 마침 소타도 언덕에서 내려오고 있었어. 우리는 서로의 이름을 장난스럽게 부르며 마음이 통했다고 반가워 했고, 같이 도롱농이랑 개구리를 잡기로 하고 개울로 향했어. 그런데 여느 때처럼 소타의 배에서는 또 꼬르륵거리는 소리가 들려오더라. 나는 그런 소타를 꼬륵 소타라고 부르곤 했지.

"꼬륵 소타를 위해 내가 뭘 준비했게!"

"와아아 ! 교코 주먹밥!"

소타네 집은 아침 밥을 먹을 여건이 안 되어 하루에 보통 한 끼,

많아 봤자 두 끼밖에 먹지 못한다고 했어. 그래서 소타는 늘 배고 파했고, 그런 소타가 불쌍했던 나는 집에서 밥을 먹다가도 소타 생 각이 나면 많이는 아니더라도 남은 음식을 주먹밥처럼 만들어 소 타에게 가져다주곤 했어. 주먹밥을 손에 쥔 소타는 그 순간만큼은 누구보다 해맑게 웃으며 행복해했지.

개울가에 도착했을 때 우리는 이미 옷이 땀으로 흠뻑 젖어 있었 어. 그래서 옷에서 땀도 빼낼 겸 모두 벗어 물에 담가 놓고, 그 위 로 돌 여러 개를 올려 물살에 흘러가지 않도록 했지. 개구리와 도 롱뇽을 잡기 전 알몸이 된 서로의 몸을 장난스레 만지며 물놀이부 터 시작했는데, 이곳저곳 통통하게 살이 오른 나에 비해 소타는 갈 비뼈 한마디 한마디 사이가 움푹 들어가 있었고, 팔다리는 나무 작 대기처럼 앙상했던 게 기억나네. 아무튼 그렇게 짧은 목욕 같은 물 놀이를 마치고 본격적으로 도롱뇽과 개구리를 잡기 시작했는데, 녀석들 얼마나 잽싼지 손을 뻗으면 손가락 사이로 다 도망쳐 버리 더라. 그런데 소타는 나랑은 반대였어. 그 작은 손을 뻗는 족족 개 구리를 잡아 냈고, 작은 새끼 수달 마냥 물살을 가르는 헤엄도 수 준급이었어. 그렇게 폴짝거리는 것들에 정신이 팔려 우리는 시간 가는 줄 모르고 신나게 놀고 있었어.

"끄아아아아아아아악!!"

그런데 마을 쪽 방향에서 누군가가 목이 찢어져라 비명을 지르는 거야. 정말 듣는 사람의 목덜미가 서늘해질 정도로 참혹한 비명이었지. 나랑 소타는 그런 건 태어나서 처음 듣는 것이었지만, 본능적으로 무언가 불길한 일이 일어났다는 걸 피부로 느꼈던 것 같아. 꼬마 둘의 웃음소리로 가득했던 개울가에는 순식간에 정적만이 감돌았고, 우리는 얼어붙은 표정으로 혹여나 누군가의 심기를 건드리진 않을까, 천천히 고개를 돌려 서로를 마주 봤어.

"소타……. 방금 소리 들었지?"

"응……."

"……가볼까?"

"응……."

나는 손에 들고 있던 것을 모두 던져버리고 물 밖으로 나와 옷을 챙겨 입었어. 그런데 소타는 이제껏 잡은 것들을 버리기 아까웠는지 배쪽 옷 부분을 캥거루 주머니처럼 만들어 도롱뇽은 버리고 개구리 몇 마리를 담고 물까지 담아 나를 따랐지. 우리는 소리가 난 쪽으로 무작정 걸었어. 소타는 배가 올챙이처럼 튀어나와 뒤뚱뒤뚱했는데, 아래로는 물이 줄줄 새면서 바닥에 긴 자취를 남겼지. 그런데 마을로 향하는 흙길에 무언가를 남긴 건 우리뿐만이 아니었어. 길에는 무언가를 끌고 간 것 같은 흔적이 길게 줄을 이루며 남아 있었고, 그 주변으로는 어디서부터 시작됐는지 모를 이질적인 붉은 것들이 흩뿌려져 있었어. 처음엔 그게 뭔지 알 수가 없었어. 감히 상상조차 할 수 없는 것이었으니까. 그리고 길에는 드문드문 덩어리 같은 것도 떨어져 있었는데, 밟으면 개구리 알처럼 물컹하면서 기분 나쁜 감촉이 들었어.

그렇게 한 10분을 달리니 마을 입구가 보였고, 붉은 자국은 마을 입구를 넘어 안쪽까지 이어져 있었어. 괜히 더 불안해진 우리는 서둘러 그 흔적을 따라 마을로 들어갔는데, 어라? 마을이 너무 조용한 거야. 어른들이 가장 바쁘게 일할 시간이었는데도 논에는 주인 없이 농기구들만 널브러져 있었고, 아이들이 시끄럽게 떠드는 소리로 가득해야 할 골목길에도 아이들이 가지고 놀던 투박한 장난감들만 굴러다닐 뿐이었어. 평범한 일상에서 사람들만 갑자기 사라진 것 같았지. 가장 편하고 익숙하다고 생각했던 공간이 갑자기 낯설게 느껴지니까 다리가 후들거리면서 너무 무섭더라.

그렇게 밤도 아닌 대낮에 처음 느껴보는 '공포'라는 감정에 얼어붙어 잔뜩 긴장해 있는데, 갑자기 소타가 한 손으로 내 옷을 잡아당기면서 어딘가를 가리켰어. 소타의 손가락이 가리킨 것은 치요 할머니 집이었는데, 창문 너머로 보니 할머니는 집 안에 가만히 서서 손녀 유코의 눈과 입을 틀어 막고 있었어. 그 모습이 얼마나 기이했는지, 순간 소리를 지를 뻔했지. 그 모습을 보고 마을을 다시 둘러보니, 그제야 마을에 왜 사람들이 보이지 않았던 건지 알게 됐어. 사람들은 사라진 게 아니라 치요 할머니와 유코처럼 모두 집 안에 있던 거였어. 모두 안에서 창문으로, 또는 조금 열린 문 사이로 다닥다닥 붙어 커다란 눈만 살짝 내밀고는 일관된 방향을 뚫어져라 쳐다보고 있었지.

"아하하하하하하하히."

그 순간 개울에서 들었던 비명인지 웃음인지 당최 알 수가 없는 끔찍한 비명이 언덕 너머에서 또 들려왔고, 나는 왠지 언덕 너머로 가면 절대 안 될 것 같은 기분이 들어 소타의 팔을 이끌고 반대편에 있는 우리 집으로 데려가려 했어.

"소타, 일단 우리 집으로 가자. 언덕에 무서운 게 있는 것 같아…… 빨리……."

그런데 소타는 돌부처처럼 멍하니 서서 꼼짝도 하지 않았고, 더 세게 팔을 당기니 그 야윈 몸으로 내 손을 뿌리치더니, 아무 말 없이 붉은 자국을 따라 뚜벅뚜벅 언덕을 오르는 거 있지? 항상 내 말이라면 먼저 다 들어주던 소타였는데, 낯선 모습에 나는 넋이 나가고 말았어. 또 다시 들려온 비명에 정신을 차려보니 소타는 이미 언덕을 넘기 직전이었어. 겁쟁이였던 나는 무슨 용기가 샘솟았는지 소타의 뒤를 따랐고, 소타는 가장 높은 곳에 다다르고 나서야 걸음을 멈추더라. 먼저 도착한 소타 뒤에서 숨을 고르며, 조심스럽게 언덕 아래를 내려다봤어. 그리고 차라리 두 눈이 뽑혀서 보지 못했으면 좋았겠다는 생각이 들 만큼 흉흉한 것을 보고야 말았지. 나는 그때 처음 알았던 것 같아. 개구리 배가 터지면 삐져나오던 하얀 실들이 크기만 달랐지, 사람 몸속에도 있다는 것을.

그곳엔 머리는 나뭇잎과 흙으로 버무려져 산발이 된 채 배에서 쏟아져 나온 것들을 한 움큼 끌어안은 게 있었어. 그리고 뭐가 그리 재미있는지 경박스럽게 웃어대면서 정상적이지 않은 각도로 뒤틀린 한쪽 다리를 끌면서 앞으로 나아가고 있었지. 그것의 아래로는 붉은 피가 줄줄 쏟아지고 있었고, 붉은 자국을 만들어 내고 있었어.

난 그 당시 그것을 보고 이렇게 생각했던 것 같아. 아, 저게 어른들과 친구들이 말하던 사람을 잡아먹는 귀신 '오니'구나. 오니란 것이 실제로 있구나. 오니가 사람을 잡아먹으려고 우리 마을에 왔구나. 그 광경이 얼마나 소름 끼쳤는지, 아직도 그 순간을 생각하면 온몸이 움츠러들 정도야. 오니가 나를 보면 어떻게 하지, 하는 생각이 들 찰나 갑자기 누군가가 거칠게 손목을 잡아 이끌었고, 그대로 나를 번쩍 들어 안더니 언덕을 내려가 집으로 데려갔어. 진한 땀냄새와 흙투성이의 손, 그건 아버지였지. 그런데 소타는 여전히 그 자리에 우두커니 서서 그 흉흉한 것을 계속 바라보고 있었어. 아래로는 배에서 쏟아져 나온 개구리들이 이리저리 밟힌 채 뜨거운 햇빛 아래에서 꿈틀거리며 몸부림치고 있었고. 그게 내가 본 소타의 마지막으로 모습이었지.

집에 도착하자 아버지는 나를 마루에 내려놓으시며 무서운 표정으로 밀씀하셨어.

"밖으로 나와도 괜찮다고 할 때까지 절대 나와선 안 돼!"

그리곤 날 다시 번쩍 안아 장롱에 넣어 두셨는데, 피로감에 난 그대로 장롱에서 잠이 들고 말았지. 시간이 얼마나 흘렀을까, 구수한 미소국 냄새가 났고 아침 말고는 종일 먹은 게 없었던 나는 배가 꼬르륵거리는 소리에 눈을 떴어. 그런데 내가 누워 있던 곳은 장롱이 아닌 잘 깔린 이불 위였지. 어머니는 아침처럼 이로리에서 저녁을 준비하고 계셨고, 아버지는 마루에 앉아 작물들을 낫으로 손질하고 계셨어. 언제나처럼 지극히 평범한 우리 집의 모습이었지. 난 가만히 일어나 입이 찢어지게 하품하며 아버지 곁에 가서 안겼는데, 마당에는 어머니가 널어놓으신 빨래가 잔잔하게 흔들리고 있었고, 그 아래론 아버지가 해 오신 나무토막들이 산더미처럼 쌓여 있었으며, 또 그 아래론 아버지의 도끼가 물에 담겨 달빛을 받아 은은하게 빛나고 있었어.

"아버지, 다녀오셨어요?"

아버지는 굳은살과 향내 가득한 손으로 내 머리를 쓰다듬어 주
시더니, 어두운 표정으로 말씀하셨어.

"교코, 절대 마을 앞의 안개가 자주 끼는 산에는 가지 말거라.
그 산에는 와라우사루(わらうさる-웃는 원숭이)가 살거든. 와라우
사루는 사람의 정신을 이상하게 만든단다."

그 당시 산에서 내려온 원숭이를 마을에서 실제로 가끔 본 적
이 있어서 원숭이가 어떻게 생겼는지 정도는 알고 있었어. 그런데
웃는 원숭이는 귀여울 것 같은데, 왜 조심해야 한다는 건지 궁금
했지.

"왜 와라우사루를 조심해야 해요?"

아버지는 마을 밖으로 높이 솟아있는 산을 바라보시며 말씀하
셨어.

"웃는 원숭이는 원숭이 중에서도 가장 덩치가 크고 나이가 많은
원숭이란다. 음…… 원숭이들의 대장이라고 해야 할까? 그런데 사
람을 아주 싫어해, 자기네 땅을 점점 침범하고 있다고 생각하는 건
지도 모르지. 아버지도 실제로 본 적은 없지만 그건 이름처럼 항상
웃고 있는데 실은 입이 아주 길게 찢어진 것이, 웃는 것처럼 보이

는 거라 하는구나. 그리고 그 웃음을 본 사람은 자기도 모르게 배가 가려워지면서 웃음이 몰려오게 되고, 그 웃음은 죽어야만 멈출 수 있다고 해. 교코, 그러니 알겠지? 절대, 절대, 안개가 자욱한 산에는 가면 안 된다."

아버지의 얼굴엔 근심과 걱정이 가득했고, 순간 낮에 본 끔찍한 장면이 떠올라 눈물이 핑 돌았어.

"아버지. 그럼, 낮에 제가 본 것이 와라우사루에요? 와라우사루는 오니예요?"

"그래, 그럴지도 모르지. 오니일지도 모르겠구나. 하지만 걱정하지 말렴. 교코. 교코는 늘 아버지가 지켜줄 테니까. 그러니 교코도……."

나는 더 이상 대꾸하지 않고 그대로 아버지 품에 안겼어. 그리고 어머니는 그 모습을 한동안 말없이 지켜보셨지.

다음 날 나는 만나는 친구들마다 와라우사루 이야기를 전해 주었는데 '그런 나쁜 오니가 실제로 있구나'라는 식의 반응을 보일 뿐, 와라우사루에 대해 아는 친구는 단 한 명도 없었어. 우리는 언제부터인가 그곳을 자연스럽게 와라우사루 산이라 불렀고, 산은 물론 그 근처 개울에도 가지 않았지. 이따금 안개가 짙게 깔린 날 아버지와 어른들 몇 명이 무리를 지어 와라우사루 산으로 향하는 것을 보기도 했지만, 와라우사루가 마을로 또 내려와 못된 짓을 하지 못하게 하려고 순찰하러 가시는 듯했어. 그 덕분인지, 두 번 다시 와라우사루가 마을로 내려오는 일은 없었지.

그렇게 몇 해가 순식간에 흘러버렸고, 이후 큰 뜻을 이루려면 도시로 나가 살아야 한다는 어머니의 뜻에 따라 9살쯤에 나는 도쿄에 사시는 이모부님의 집으로 이사해 그곳에서 학교에 다니면서 도시 사람들과 어울려 정신없이 바쁘게 살았어. 그리고 어느덧 아내와 두 아이가 생겼고, 나도 이젠 흰머리가 가득한 나이가 되어 버렸네. 그동안은 이리저리 치이며 사느라 어렸을 적 시골에서 살았던 짧은 시절의 이야기는 의식도 못 하고 까맣게 잊은 채 살고 있었지만, 와라우사루 산을 다시 떠올리게 된 건 몇 주 전 아버지 뒤를 이어 어머니까지 소천하시고 난 이후였어.

생전에 아버지와 어머니는 출가한 내가 본가로 오는 것을 이상하리만큼 반대하셨어. 편지로 고향에 가겠다고 하면 답장에 뭐 하러 좁은 곳으로 찾아오느냐는 것부터 시작해 시골 기운이 묻으면 사람이 촌스러워진다는 등의 말이 적혀있었지. 그렇게 교류와 유대 없이 시간만 흐르다 보니 살을 맞대고 있는 이모부님네가 오히려 친부모님처럼 느껴졌고, 아주 가끔 이모부님 집으로 오시던 부모님은 남보다 더 어렵게 느껴지는 지경까지 되어버렸어. 그와 동시에 어릴 적 기억도 점점 희미해졌고 말이야.

아버지가 돌아가셨을 때도 어머니는 친자식인 나를 포함한 그 누구에게도 알리지 않고 혼자서 장례 절차를 모두 진행하셨고, 나는 고별식 때가 되어서야 어머니의 연락을 받고 아버지를 마주할 수 있었어. 몇 달을 굶은 사람처럼 볼이 패인 채, 심장마비로 눈도 제대로 감지 못한 아버지의 모습은 너무 낯설게만 느껴지더라. 그래서 솔직히 슬프다는 감정을 느끼지도 못했고, 오직 자식된 도리로 남기셨다는 유언대로 마지막 가시는 길을 배웅해 드렸던 것 같아. 그 이후 어머니께 고향에 내려가서 아버지 유품을 정리하는 것을 도와드리겠다고 먼저 말을 했지만, 어머니는 차디차게 도움은 필요 없다고 하시며, 혼자서 홀연히 내려가버리셨지.

그날 이후 어머니와는 몇 년이 흐르도록 그 어떠한 교류도 없었는데, 얼마 전 어머니마저 돌아가셨다는 연락을 연고도 없는 한 병원으로부터 받게 된 거야. 어머니의 사인은 아버지와 같은 심장마비였어. 그리고 아버지처럼 똑같이 얼굴 이곳저곳이 패여 있었지만, 표정 자체는 평온해 보였지. 그렇게 어머니 상까지 치르고 나니, 아직 내가 해결해야 할 문제들이 있다는 걸 알게 됐어. 부모님이 모두 돌아가셨으니, 빈집을 어떻게 해야 할지에 대한 문제였지. 나는 이곳저곳 자문을 구했고, 집을 처분하기 전에 우선 빈집에 남아 있는 부모님의 유품을 정리하기로 했어. 그리고 고향 마을로 가야겠다고 결심한 날 밤, 그제야 그 어린 시절의 기억들이 생생하게 떠오른 거지.

이 사실을 이모부님께 알리니 두 분 모두 함께 가서 도와주겠다고 말씀해 주셨지만, 그분들도 이제 거동이 불편하실 정도로 나이가 드셨기 때문에 정중히 거절하고, 기차표 한 좌석을 아들에게 부탁해 예매했어. 태어나서 처음 타보는 모양의 기차에 올라 자리에 앉으니, 갑자기 식은땀이 나면서 긴장감이 몰려오기도 했어. 이내 기차는 조용한 소음을 내며 출발했고, 금세 도시를 벗어나기 시작했지. 창문 밖을 보니 새삼 세월이란 것이 야속하게 느껴지더라. 어릴 적 고향을 떠나 도시로 오던 길에는 원래 산과 들이 끝도 없이 펼쳐져 있었는데, 그곳은 도로와 가게들이 들어차 예전 흔적을 찾아볼 수도 없을 만큼 개발이 되어 있었고, M으로 시작하는 프랜차이즈 햄버거 가게도 여러 곳에 세워져 있었지. 과연 내가 고향을 무사히 찾을 수 있을지 걱정이 되기도 했어. 그래도 다행히 친절한 사람들 몇몇을 만났고, 그 덕에 큰 무리 없이 고향 마을에 다다를 수 있었지.

다른 곳들은 다 바뀌어서 어디가 어디인지 전혀 알 수 없었지만, 고향 마을만큼은 놀라울 정도로 옛날 모습을 거의 그대로 유지

하고 있었어. 여전히 밭과 들에는 일하는 어른들이 있었고, 어렸을 적 내가 그랬듯 아이들은 여전히 똑같은 길바닥에서 뒹굴며 놀고 있었지. 그런데 아이들은 나를 보더니, 놀이를 멈추고 이리저리 숨기 바빴어. 하긴, 이제는 외지인이 되어 버린 내가 무서울 만도 하겠지. 양쪽으로 집들이 서 있는 골목을 지나다 보니, 처음 보는 커다란 대문이 있는 집이 하나 나왔고, 그 옆의 작은 언덕도 지나니 드디어 내가 태어나고 자란 집이 멀리 보이기 시작했어. 수십 년이 흘러도 단 한 번에 알아보는 내가 신기하기도 했지.

부모님 집에 도착해 틈으로 손가락을 넣어 걸쇠를 들어 올리면 열리는, 있으나 마나 한 대문을 열고 들어가니, 하루 종일 놀고 땀에 범벅이 되어 들어오던 어린 시절이 떠오르면서 정말 여러 감정이 들더라. 그렇게 크게만 느껴지던 마당은 네 걸음이면 끝이 날 정도로 좁았고, 폭풍과 눈보라가 몰아쳐도 늘 든든하게 지켜줄 것만 같았던 집도 너무나 작고 초라하게 보였지. 추억에 잠겨 마루에 앉아 이리저리 둘러보는데, 집 이곳저곳에는 뭐든 깨끗이 하시던 어머니의 습관이 여전히 남아 있었어. 마루에서부터 하얀 먼지가 소복하게 쌓이려는 참이던 것만 빼면, 여전히 집에는 사람의 온기가 남아 있는 듯했지. 마루 위에서 아버지에게 기대 체온을 느끼며 노을이 지는 것을 바라 봤던 게 바로 어제 일 같은데, 부모님 생전에 한 번이라도 다시 이 집에서 함께 밥이라도 먹었으면 좋았을 걸 하는 후회가 뒤늦게 밀려오더라.

집에 남아 있는 유품들을 정리하기 전 우선 마지막으로 청소부터 하려고 빗자루를 집어 들어 집안 곳곳을 쓸기 시작했어. 그런데 집 곳곳에는 내가 그동안 간간히 보내드린 각종 영양제나 건강식품들이 뚜껑이 닫힌 채 그대로 들어차 있었어. 어떻게 먹는 건지 몰라서 안 드신 건지, 아까워서 드시지 못한 건지 알 수 없었지. 서랍을 열어보니 맨 위 칸에는 기모노 한 벌과 깨끗이 세탁된 단출한 옷가지들이 옛날 방식 그대로 겹겹이 반듯하게 접혀 있었고, 어머니가 시집올 때 들고 온 낡은 반짇고리와 어떻게 쓰는 건지 감도 오지 않는 오래된 다리미, 말린 나뭇잎을 모아놓은 불쏘시개 등 어머니의 알뜰살뜰함이 아래칸을 채우고 있었어.

그런데 수년 전 아버지가 먼저 돌아가셨을 때 어머니께서 아버지의 물건들은 이미 모두 정리해 놓으신 건지 집 안에는 아버지의 물건들이 단 하나도 남아 있지 않더라. 그 옛날 아버지는 항상 달의 끝마다 비어 있는 검은 책을 펴서 무언가를 가득 적으시곤 했는데, 난 항상 그 내용이 궁금해 아버지 몰래 펼쳐보곤 했지만 그땐 글을 읽을 줄 몰라 이해할 수 없었거든. 그 외, 아버지가 나무하러 가실 때 이시던 지게나 도끼 같은 것들도 없었어.

청소에 시간이 꽤 걸릴 거라 예상했지만, 생각보다 오래 걸리진 않았어. 떠날 시간이 다가왔음을 직감한 어머니가 내가 고생하지 않도록 미리 청소를 해 두신 건지도 모르지.

먼지 하나 없이 벽면에 걸려 있는 하얀 목련꽃 그림과 기모노를 제외하고는 딱히 챙겨야 할 물건들은 없어 보였어. 사실 이것들을 들고 간다고 해서 딱히 둘 곳도 없었지만, 그래도 어머니가 아끼시던 물건이었으니 영정사진 옆에라도 둬야겠다 싶어 챙긴 거였지. 그리고 눈에 들어온 것은 햇빛이 반만 닿는 구석에 있는 나무 장롱이었어. 수십 년 전 그날, 아버지에게 들켜져 와 잠들었던 곳. 저 장롱은 내가 태어나던 해 나와 같이 집에 들여진 거라 내가 어릴 때만 해도 우리 집에서 가장 새것이었는데, 지금은 나처럼 볼품없이 이곳저곳 칠이 벗겨지고 삭아 있었어. 왜 그랬는진 모르겠지만 그 장롱을 열어보고 싶진 않았어. 뭐라도 튀어나올 것만 같은 불길한 기분이 들었거든. 그래도 어머니가 혹시나 아버지 물건들을 모아두셨을 수도 있는 거니까, 난 침을 꼴깍 삼키고 삐걱대는 장롱 손잡이를 잡아당겼어.

— 끼이…… 이…… 익…….

그런데 경첩에 녹이라도 잔뜩 낀 건지 문은 좀처럼 열리지 않았고, 손잡이를 잡아당길수록 장롱은 고통스러운 소리를 연신 뱉어

낼 뿐이었어. 조금 더 힘을 줘서 열면 장롱 문짝이 떨어져나갈 것
만 같았지.

– 우두둑…… 우직……!

조심스럽게 손잡이를 밀어 올리며 경첩의 틈을 벌리니 문이 조
금씩 열리면서 장롱 내부가 보이기 시작했는데, 장롱 안에는 흘
러들어온 빛을 받아 번들거리는 새하얀 무언가가 가득 칠해져
있었어.

"이게 뭔…… 흡……!"

열리지 않는 장롱보다 나를 더욱 당혹시킨 건 냄새였어. 뭔가
썩은 것처럼 퀴퀴한 냄새와 더불어 땀냄새 비슷한 누린내가 장롱
틈에서 흘러나왔거든.

– 팅! 짜르르릉…….

반사적으로 장롱 문을 다시 닫으려다가 힘을 너무 줬는지 장롱
은 맑은 소리와 함께 무언가를 뱉어냈는데, 그건 고개가 꺾인 채
은색으로 빛나는 못 한 쌍이었어.

– 팅! 우두둑! 쿵!

못이 빠지니 녹슨 경첩도 부러지며 장롱의 한쪽 문이 결국 바닥
으로 떨어졌어.

그 덕에 장롱 내부를 드디어 시원스럽게 들여다볼 수 있게 됐는

데, 장롱에 가득 칠해져 있던 것은 곰팡이였어. 활짝 핀 목화 같은 하얀 곰팡이가, 정말 손을 댈 수도 없을 만큼 잔뜩 피어 있더라. 장롱 바닥에는 기대했던 아버지의 물건 대신, 뚜껑 덮인 작은 항아리 같은 것이 하나 놓여 있었어. 기분 나쁜 냄새는 그곳에서 흘러나오고 있는 듯했지. 치솟는 구역질을 참으며 항아리를 들어올렸는데 항아리 안에는 뭔가가 가득 들었는지 철렁거렸고, 크기에 비해 꽤 무게가 있던 터라 하마터면 중심을 잃고 항아리를 든 채 장롱 안으로 고꾸라질 뻔했어. 조심스럽게 항아리를 거실에 내려놓고 먼지를 털어내니 항아리엔 뚜껑과 몸통을 봉하듯 세로로 종이가 감싸져 있었어. 그리고 그곳엔 조그맣게 날짜가 쓰여 있었는데, 숫자를 확인했을 때 두 눈을 의심할 수밖에 없었지. 그곳엔 아버지의 기일이 적혀 있었어. 내가 장롱에서 꺼낸 것은, 다름 아닌 아버지의 유골함이었어.

봉안당에 편하게 쉬고 계셔야 할 아버지가 왜 이곳에 있는 것일까. 종이 때문에 바로 알아보지 못했는데, 그 유골함도 장례식 직후 내가 고른 것이었지. 나는 그 속에 든 것을 확인해 봐야만 했어. 혹시나 내가 착각한 것일지도 모르니까. 떨리는 손으로 함을 감싸고 있는 종이를 벗겨내려고 했지만, 조그마한 틈도 없이 감싸져 있어서 도저히 벗겨지지 않았어. 어쩔 수 없이 종이의 귀퉁이를 찢어 풀어낸 뒤 조심스럽게 뚜껑을 열었는데, 그곳에서 흘러나온 역한 냄새에 나는 연신 헛구역질을 해 댔어. 유골함 속에 든 것은 뭐랄까, 탁한 회색빛을 띤 걸쭉한 진흙 같은 것이었는데, 그것에선 여전히 거품이 피어오르고 있었어. 마치 부패하고 있는 무언가 같았지.

"대체…… 이게……."

이것이 정말 아버지의 유골함인 걸까? 분명히 화장장에서 내가 직접 남은 뼈들을 모아 다시 한번 망치로 분쇄해서 함에 담아 정성을 들이고 봉안당에 모셨는데, 뼛가루는 어디로 가고 이런 해괴한 것이 들어 차 있는 건지, 도무지 이해할 수 없었어.

'설마, 어머니가 집으로 다시 모시고 오신 건가?'

아니야. 솔직히 말해 생전에 어머니와 아버지는 사이가 좋진 않으셨어. 아버지는 어머니를 항상 하대하셨기 때문에, 어머니가 아버지를 다시 집으로 모셔 오진 않으셨을 거야. 그럼 대체 이게 뭐지? ……도저히 내 상식으론, 눈앞에서 들끓고 있는 이것이 무엇인지 짐작조차 할 수 없었어. 그런데 그때, 예상치 못한 사람의 목소리가 집 밖에서 들려왔어.

"거기, 누구 십니까? 그 집은 빈집일 터인데."

나는 생각을 멈추고 우선 함의 뚜껑을 덮어 다시 장롱에 넣어두고 문을 닫은 뒤 마당으로 나갔어. 집 앞에는 한눈에 봐도 값비싸 보이는 검은 기모노를 입고, 나처럼 머리가 하얗게 세어 버린 남자가 대문 밖에서 뒷짐을 진 채 나를 탐탁지 않다는 표정으로 쳐다보고 있었지.

"아, 안녕하세요. 저는 이 집에 사시던 어른의 아들입니다. 실례했습니다."

"이 집의 아들이라면……? 교코? 자네 교코인가!"

순간 말문이 막혀 아무런 말도 나오질 않았어. 아직도 이 마을에서 나를 기억하는 사람이 있다니. 하지만 내 기억 속에는 그 남자의 얼굴이 남아 있지 않았고, 뭐라 말해야 할지 몰라서 우물쭈물하고 있으니 남자는 당황한 내 표정을 읽고 자신을 소개했지.

"이런…… 세월이 너무 흘러 기억이 나질 않나 보군. 하긴 이렇게 주름투성이가 되어버렸으니 말이야! 날세, 히로시. 이름을 듣고도 잘 모르겠는가?"

히로시, 그 이름을 어떻게 잊을 수 있겠어. 그는 동네에서 가장 덩치도 크고 힘도 좋았던 아이라 그를 따르는 친구들이 많았거든. 이름을 듣고 보니 어릴 적 얼굴이 조금 겹쳐 보이기 시작했어. 그때 그 시절 친구가 나를 기억해 주고 있다니, 정말 눈물이 날 지경이었지.

"아, 히로시! 너를 어떻게 잊겠어. 그러게, 우리 둘 다 나이가 많이 들고 말았네……. 잠깐 들어오는 게 어때?"

"좋지!"

문을 열어주려 그가 서 있는 쪽으로 가려는데, 히로시는 내가 그랬던 것처럼, 손가락을 넣어 능숙하게 대문을 열고 들어오더니 신발을 벗고 나와 나란히 마루에 앉았어. 그러고는 비어버린 집을 한번 쓱 훑어보고는, 안부를 물어왔지.

"허허, 이제 부모님 두 분 모두 돌아가셨으니 어쩌나, 마음이 허할 텐데."

"그러게 말이야. 부모님이 살아계실 때 억지를 써서라도 고향 땅에 와서 부모님도 뵙고, 친구들도 보고 해야 했는데, 너무 늦어버린 것 같네."

"그래도 자네 아버지께서 평생을 마을을 위해 일해주신 덕에, 세월이 그토록 흘러도 이렇게 마을이 건실할 수 있는 것이야. 비록 돌아가셨지만 감사한 마음은 여전하다네."

옛날 어른들이 사용하던 시골 말투를 자연스럽게 구사하는 히로시는, 현재 마을의 촌장이라고 했어. 그런데 바로 이전 촌장이 내 아버지셨대. 정말 의아한 일이었지. 아버지는 돌아가시는 날까지 자기가 촌장이 되었다는 말을 단 한 번도 한 적이 없으셨거든.

"아하…… 네가 고생이 많겠네, 아무리 작아도 한 마을을 책임 진다는 게 쉬운 일이 아닐 텐데."

"부친께 감사하지, 나를 친아들처럼 아끼고 도와주셨거든. 나도 그런 자네 아버지를 진심으로 존경하고 많이 따르며 배웠다네. 촌 장도 직접 나를 추천해 주셔서 할 수 있게 된 것이지. 자네가 고향 에도 오지 못할 만큼 바쁘게 살았으니, 그분께서도 많이 적적하셨 을 거야. 내가 그 빈자리를 조금이라도 채워드렸길 바랄 뿐이네."

내가 기억하는 아버지와 히로시가 말하는 아버지가 같은 사람 이긴 한 건지 의문이 들 정도로, 서로가 기억하는 아버지의 모습은 달랐어. 비록 어릴 때의 기억이지만 내게 아버지는 호기롭고 호전 적인 성격의 전형적인 가부장의 모습뿐이었는데, 그런 분께서 히 로시를 그렇게 아끼셨다니. 상상조차 할 수 없었어.

"……고마워 히로시. 아버지는 평소에 마을이나 자신에 대한 이 야기는 잘 안 하셨거든. 아버지가 너를 정말 많이 아끼셨군. 네 말 대로 많이 적적하셨을 거야. 못난 아들이 어릴 때 떠나 부모님이 돌아가시고 나서야 돌아왔으니, 다시 한번 고마워."

"허허, 고맙다는 말을 들으려고 한 말이 아닐세. 자네가 현명한 거지. 이런 시골에 남아서 좋을 게 뭐가 있겠나. 자네가 도시로 가 버린 뒤 그렇게 많던 친구들도 이런 저런 이유로 하나 둘씩 떠나서, 우리 세대는 이제 나밖에 남지 않았다네."

그러고 보니 우리 마을에는 유독 아이들이 참 많았어. 아이들이 없는 집이 없었지. 심지어 나랑 비슷한 나이대의 아이들끼리 모여 어른 없이 사는 집도 있었으니까. 그러고 보니 히로시도……

"그래……? 그렇게나 많던 아이들이 모두 떠나버렸다니, 그것도 조금 서운하네."

"서운하긴! 다들 좋은 곳으로 갔을 걸세, 요즘 도시 사람들은 아이를 그렇게 낳지 않는다지?"

"맞아, 잘 알고 있네. 워낙 자기 배 채우기도 힘든 세상이니까."

"그런데도 자네는 도시에서 아이를 두 명이나 낳았다면서? 대단하군! 가족을 만든다는 것은 참으로 중요한 일 아닌가. 다들 건강히 잘 지내나?"

"응. 아들은 작년에 결혼해서 지금은 오사카에서 정신없이 신혼 생활 중이야. 그리고 딸은 아직 대학생이고. 아이가 있다는 말도 아버지가 말해 주셨나 보네. 너는 어때 히로시?"

"나도 자네처럼 애 낳고 잘살고 있다네. 우리 가족들은 모두 이곳에서 살아가고 있어. 그런데 뭐, 마을에서 가족이라 나눠 부를 게 있겠는가. 한 울타리 안에 사는 사람들 모두가 한 가족이지."

"하하. 그래, 그렇지. 그런데 히로시. 너는 마을에 남은 이유가 있어?"

마을에 남은 이유를 묻자 히로시의 얼굴에는 웃음기가 잦아들었고, 그는 어느새 노을빛에 물든 마을 전경을 둘러보며 이렇게 말했어.

"마을에 남은 이유라…… 그렇게 거창하게 말할 건 없지만 뭐, 이 마을이 좋으니까 그런 것 아니겠나. 나는 자네 아버지와 약속을 했지. 언제까지고 이 마을이 사라지지 않도록 쭉 이어 나가겠다고. 근데 이제 나도 나이가 들어서 말이야. 허허, 열심히 하지만 예전 같지 않아 체력이 아쉬울 때가 많아. 슬슬 후계자에게 자리를 넘겨줄 생각이네."

"음, 그렇군……."

"그런데 자네, 오늘 잠은 어디서 잘 예정인가? 설마 이 쓸쓸한 곳에서 자려는 건 아니겠지?"

"아니, 음…… 어…… 사실 딱히 잘 곳도 없고, 부모님 유품 정리하고 오랜만에 이곳에서 이런저런 생각이나 하다 잘 생각이었어."

"어허…… 이 사람이 아무런 대책도 없이 왔구먼! 이곳에 있어 봐야 먹을 것도 없지 않나. 그러지 말고, 우리 집에 오게나. 밥과 잠자리를 대접하고 싶네. 따듯한 물에 몸도 좀 뉘고 말이야."

"말은 고맙지만, 너희 가족들에게 폐를 끼치고 싶진 않아. 어차피 물건 정리도 거의 끝났고, 일찍 자고 내일 아침 일찍 해가 뜨자마자 가면 돼, 괜찮아. 신경 써줘서 고마워."

"두 번 말 안 하네! 어떻게 수십 년 만에 만난 하나 남은 고향 친구를 이런 불도 안 들어오는 곳에 재운단 말인가! 촌장 말을 들어야지. 사람은 항상 좋은 기운을 받아야 오래 사는 거라네!"

항상 좋은 기운을 받아야 오래 산다는 말…… 아버지가 친구들을 만나시면 항상 하던 말이었어.

"자, 그럼 나는 먼저 일어나서 자네를 맞이할 준비를 하지. 나머지 이야기는 우리 집에서 하자고. 자네도 대강 정리하고 오게나. 어차피 챙길 것도 없지 않은가. 잠시 후에 내 아들을 보내겠네. 그 아이를 따라서 오면 돼. 작은 언덕 바로 옆에 있는 큰집이라네."

"자, 잠깐. 히로시, 잠깐!"

히로시는 더 이상 내 말을 듣지 않겠다는 건지, 마루에서 일어나 뒤도 돌아보지 않고 자기 집으로 돌아갔어. 해는 이제 산등성이를 넘어가고 있었고, 주변은 빠르게 흐릿해지며 어두워졌어. 다시 혼자가 된 나는 마루에 올라서 벽을 더듬거리며 불을 켤 스위치를 찾았지만, 천장을 바라보곤 그 행동이 얼마나 바보 같은 것이었는지 알게 됐어. 부모님 집에는 21세기가 되도록 그 흔한 전구 하나가 매달려 있지 않았거든. 옛날 아버지께선 유등(油燈)으로 밤을 밝히시곤 했는데, 내가 그 방법을 알 리가 없지. 그렇다고 지금 어머니가 했던 것처럼 나무를 가져와 화로에 불을 피울 수도 없었고.

그런데 갑자기 마을 곳곳이 밝아지기 시작했어. 들어올 때는 미처 보지 못한 가로등에 불이 들어온 거야. 그리고 다른 집에도 전등이 켜지기 시작했는데, 불빛의 개수는 고작 네 개뿐이라, 여전히 마을은 어두컴컴했지.

"마을에 사람이 이렇게나 줄어든 건가? 날이 밝았을 때 본 사람들의 수는 이렇게 적지 않았던 것 같은데…… 엇!"

조금은 달라진 마을의 모습을 가만히 바라보고 있었는데, 갑자기 눈이 환하게 밝아졌어. 들어오면서 봤던, 그리고 히로시가 말한 위치에 있는 2층 구조의 커다란 집에 순간 불이 켜진 거지. 그곳에서 흘러나오는 빛의 양은 어마어마했고 또 얼마나 강렬한지, 그 근처의 집들은 빛을 받아 생활해도 될 정도였어. 저렇게 큰 집에서 살다니 촌장이라서 그런 걸까, 아니면 가족이 많아서 그런 걸까. 여러 생각이 들었어.

"아, 이럴 때가 아니지……."

갑작스러운 히로시의 방문에 잠시 내가 이곳에 온 이유를 잊었던 것 같아서 더 늦기 전에 빨리 마지막 짐 정리를 해야만 했지. 그런데 바로 뒤에서 아까 맡았던 그 역한 냄새가 목덜미를 타고 올라오며 풍겨와서 화들짝 놀라 장롱 쪽을 쳐다보았어.

"아아······!"

그곳에서는 기이한 일이 일어나고 있었어. 분명히 닫아뒀을 유골함이 장롱에서 쏟아지기라도 한 건지 그 안에 들어있던 탁한 분비물 같은 것이 장롱과 바닥을 타고 흘러내려 어머니의 기모노와 목련 그림을 검게 물들이고 마치 손을 뻗듯 내 쪽으로 흘러오고 있었어. 어머니의 물건이 아니었다면 분명히 그것에 닿았을 거야.

나는 징그럽고 커다란 벌레를 맞닥뜨린 아이처럼 가만히 굳어서 그것을 지켜보다가, 정신이 번쩍 들어 집 안이 더 엉망이 되기 전에 뭐라도 들고 와 치워야겠다는 생각에 집 뒤에 있는 작은 창고로 향했어. 그리곤 라이터를 켜고 보이는 대로 철 양동이와 걸레 몇 개를 가지고 다시 마당으로 나왔는데, 마당에는 처음 보는 아이가 인기척도 없이 들어와 있었지. 어둠에 가려 얼굴이나 표정이 보이진 않았지만, 많아 봐야 중고등학생 정도 되어 보이는 아이는 내게 대뜸 머리를 숙이고 앳된 목소리로 인사를 건네 왔어.

"처음 뵙겠습니다. 어르신, 집까지 모시러 왔습니다."

······아이는 나이에 맞지 않는 겸양어를 사용하며 나를 데리러 왔다고 했어.

"아아, 네가 히로시의 아들인가 보구나. 조금 더 나이가 있을 줄 알았는데…… 네 위로 형제자매가 있는 건가?"

"아버지께서 기다리십니다. 어르신."

아이는 내 물음에 대답하지 않았고, 나를 재촉할 뿐이었어.

"……아직 집에서 해야 할 일이 남아서 말이야. 일부러 찾아와 줬는데 정말 미안하지만, 한 30분 정도 뒤에 내가 아버지 집으로 가도록 할게. 어차피 이곳에서도 잘 보이는 곳이니까."

"제발 부탁드립니다. 어르신! 지금 모시고 가지 않으면 제가 아버지께 크게 혼이 나요!"

거의 소리를 지르다시피 부탁하는 아이의 목소리는 묘하게 떨리고 있었어. 분명히 두려워하고 있었지. 뭐가 그리 급해서 저렇게까지 말하는 건지 도저히 이해가 되질 않았지만 단호한 아이의 태도에 더 이상 거절할 수가 없었어.

"알겠어, 그러면 잠시 이것만 내려놓고 바로 출발하자."

들고 있던 철 양동이와 걸레를 집 안쪽으로 대충 밀어놓고, 장롱 쪽을 보니, 다행히 그것은 그 이상으로 흘러나오진 않고 있었어. 마음이 편하진 않았지만 나머지 정리는 동이 트자마자 해야겠다 생각했지.

"그럼 출발하자. 잘 부탁해."

출발하자는 말을 듣고서야 아이는 숙였던 고개를 다시 들었고, 기다렸다는 듯 뒤로 돌아 앞장서서 가기 시작했어. 어릴 때도 무서움에 밤에는 밖에 나와본 적이 거의 없었던 터라, 밤이 찾아온 마을 풍경은 또 새롭게 다가왔지. 멀리 보이는 가로등 빛에 의존해 길을 걸어가고 있는데, 어디선가 은은하게 국을 끓이는 냄새가 자꾸만 풍겨 왔어. 하지만 주위는 모두 불이 꺼진 빈집들밖에 없었는데, 이상한 일이었지. 나는 적막을 깨고 앞장서서 가는 아이에게 물었어.

"어디서 국 끓이는 냄새가 나지 않니?"

아이는 뒤도 돌아보지 않고 길을 안내할 뿐 여전히 묵묵부답이었지. 이윽고 작은 언덕을 지나 히로시의 집 앞에 도착했는데, 멀리서도 크게 보였던 집은 가까이서 보니 더 웅장하고 크게 보였어. 그런데 아이는 집에 들어가질 않고 뒤로 돌아 내 쪽을 바라보더니, 눈을 내리깔고 이렇게 말했지.

"아버지께서 기다리고 계십니다. 여기서부터는 혼자 들어가시면 됩니다."

"혼자라니? 너는 안 들어가고?"

"제가 사는 곳은 이곳이 아닙니다. 그럼."

아이는 간단히 머리를 숙이고 인사하더니 나를 지나쳐 다시 어둠 속으로 향하려고 했어.

"이 늦은 시간에 위험하게 또 어디를 가는 거니! 아버지가 걱정……."

난 아이의 손을 붙잡고 막으려고 했지만, 이내 놀라서 손을 놓을 수밖에 없었어. 초점이 전혀 없는 눈을 하고 있는 아이의 얼굴과 목덜미 그리고 손에는 그을려 불규칙하게 갈라진 자국이 이곳저곳에 남아 있었거든. 개수만 달랐지 분명히 본 적 있는 모양의 흔적이었어. 아이는 나를 잠시 쳐다보더니 다시 등을 돌렸고, 나는 멍하니 그 모습을 가만히 바라보고 있었지. 아이는 큰 집에서 멀지 않은 맞은편의 불 꺼진 집으로 문을 열고 들어가 사라져 버렸어.

"어이 교코! 왔으면 들어오지 거기 서서 뭐 하고 있는가!"

그때 뒤에서 히로시의 목소리가 들려왔고, 나는 주춤하며 마을과는 조금 어울리지 않는 모습의 호화스러운 집에 발을 들였어. 방과 방 사이를 잇고 있는 엔가와(緣側, 툇마루)를 지나 두 단으로 깔끔하게 나누어진 현관에 신발을 두고 묵직한 쇼지(障子, 일본식 미닫이 문)를 밀고 들어가니, 멋들어지게 꾸며진 전형적인 전통 가옥구조의 다다미방이 나왔어. 도코노마(床の間, 일본식 전통 벽장)에는 화려한 꽃병들과 커다란 수묵화가 놓여 있었고, 번들거리는 원목으로 된 바닥 위에는 두께감이 좋은 다다미가 깔려 있었어. 그리고 그 옆에는 흑단으로 고급스럽게 마감한 이로리도 있었고, 그 위 지자이카기(自在鉤ぎ, 냄비를 걸 수 있는 고리)에는 맛있는 냄새를 풍기며 무언가를 끓이고 있는 냄비가 걸려 있었지. 순간적으로 고급 료칸에 온 것 같은 이질적인 기분마저 들었어.

"자, 앉게나. 배고플 텐데 우선 밥부터 먹어야지."

히로시는 이로리 옆에 놓인 칸막이 뒤로 나를 안내했는데, 그곳엔 앉아서 식사할 수 있는 낮은 식탁이 있었고, 이미 밥과 대여섯 가지의 가정식 반찬들이 차려져 있었어. 누가 차려둔 걸까 싶어 집 안 내부를 이리저리 둘러봤지만, 벌건 대낮 같은 집 안 내부에는 우리 둘 말고 다른 사람의 인기척은 느껴지지 않았지. 나는 식탁 앞에 가부좌를 하고 앉았고, 히로시는 빈 그릇을 가져가 냄비의 뚜껑을 열고 그곳에 국을 담기 시작했어. 나는 조심스럽게 히로시에게 물었어.

"집이 정말 어마어마하게 크고 고풍스럽네. 저…… 근데 히로시, 이 집은 가족들과 함께 쓰는 곳은 아닌가? 네 아들은 다른 집으로 돌아가던데."

– 달그락…… 달그락…….

분명히 내 말을 들었을 히로시는 답이 없었고, 칸막이 사이로 흐릿하게 보이는 그는 그저 빈 그릇에 국을 옮겨 담을 뿐이었어.

"……이 식사는 아내가 준비해 준 건가? 아내도 오라 하지 그래. 같이 먹으면 좋지 않겠어?"

– 탕.

그 순간 국자를 세게 내려놓는 소리가 들려왔고, 히로시는 김이 펄펄 나는 그릇 두 개를 들고 내게로 다가왔어.

"흐흐…… 자네 따뜻한 마음에 보답하지 못해서 미안하지만, 아내는 몸이 많이 안 좋아서 말이야. 밥은 아까 먼저 먹고, 지금은 2층에서 쉬고 있다네. 왜? 얼굴이 궁금한가?"

"아, 아니 그런 건 아니야. 몸이 안 좋다니, 유감이군. 얼른 쾌차하길 바라네."

"자, 얼른 먹게나."

그렇게 생각지도 못한 대접을 받으며 식사는 시작됐어. 계란 간장 조림과 무 조림, 그리고 어머니가 해주시던 것과 비슷한 직접 기른 야채들과 산나물로 만든 야채 무침. 단출하다고 생각될 수도 있지만 모두 손이 많이 가는 정성이 깃든 음식들이었지. 그런데 히로시가 떠준 국물은 상당히 특이했어. 고기가 가득한 것이었는데, 기름을 제거하지 않아 하얀 기름이 둥둥 떠다녔고 좋게 말해 육향이라고 할지…… 잡내라 할지 모를 톡 쏘는 듯한 독특한 향이 났어. 비위가 약해 원래 이런 류의 음식은 먹지 못하는 편이지만, 내가 먹는 모습을 간간히 확인하는 히로시 때문에 먹지 않을 수 없었지.

"이걸 빼놓을 수 없지. 자 한잔하게, 이곳의 쌀로 직접 만든 전통주야. 자네 아버지도 즐겨 마시던 것이지."

히로시가 작고 하얀 도자기 병을 기울이자 진한 누룩 향이 나는 투명한 술이 흘러나와 잔을 채웠고, 마셔보니 확실히 도시에서는 맛볼 수 없는 깊고 진한 맛이 났어. 추억이 가득 담긴 음식들에 훌륭한 술까지 곁들이니 나는 체면도 잊은 채 금세 밥그릇을 비워버렸고, 술병도 하나 더 비워 평소보다 과음하고 말았지.

"벌써 다 먹었나? 겉은 몰라보게 바뀌었을지 몰라도 속은 역시 이곳 사람이군! 기다리게. 하나 더 내오지."

"아니야, 히로시. 충분히 많이 먹었어. 고마워. 부인이 요리 솜씨가 훌륭하시네. 특히 고마아에(胡麻和え, 산나물무침)는 옛날 생각을 그대로 떠올리게 하는 맛이었어."

"우리 마을이 또 땅이 기름지기로 유명하지 않나. 야채들은 맛이며 크기며 식감이며 뭐 하나 빠지는 것 없이 훌륭하지. 그리고 그 나물들도 다 마을 앞산에 가서 안개를 헤치며 직접 캔 거라네. 알지? 험한 곳에서 자라는 것들이 항상 맛이 좋다는 거. 아무 데서

나 먹을 수 있는 게 아니야."

"안개가 끼는 앞쪽 산이라면, 혹시 와라우사루 산을 말하는
건가?"

무의식적으로 그 이름을 뱉어내고 말았어. 그것을 다시 말하게
될 줄이야, 나도 놀랐지. 하지만 히로시는 나를 빤히 바라보며, 의
아하다는 표정을 지을 뿐이었어.

"와라우사루······? 그게 뭔가?"

"와라우사루를 잊은 거야? 우리 사이에서 되게 유명한 이야기
였잖아. 마을 앞 늘 안개가 끼는 산에는, 사람을 미쳐버리게 만들
어 결국 스스로 배를 갈라 죽게 하는 것이 사니 절대 가면 안 된다
고······ 하긴, 너무 오래전 일이라 기억이 안 날 수도 있겠네."

그런데 내 말을 잠자코 듣고 있던 히로시는 조금 취한 건지, 얼
굴이 조금 붉어진 채로 느닷없이 크게 웃으며 말하기 시작했어.

"하하하. 와라우사루라니, 우리 마을에 그런 이야기가 있었나?
나는 왜 처음 들어 보지? 하하. 와라우사루라니 정말 재미있군. 이
보게, 교코. 더 이야기해 보게. 와라우사루란 놈이 어떻게 생겨 먹
었는지 말이야."

"내가 전해 들은 바론, 그것은 원숭이 중에서 가장 덩치가 큰 우
두머리지만 항상 웃는 얼굴을 하고 안개가 끼는 산에서 산대. 그런

데 사람을 너무 싫어해서 자기 영역에 들어온 사람에게 모습을 드러내 자기처럼 웃는 모습으로 죽게 만든다고 했어. 사실, 난 와라우사루를 실제로 본 적도 있어. 너무나 찰나의 순간이라 그것이 원숭이처럼 생겼는지, 또 길게 찢어진 입을 가지고 있는지까진 기억이 잘 나지 않아."

"오호, 와라우사루를 실제로 봤다고? 언제, 어디서 봤지?"

"그러고 보니…… 이 집 바로 옆에 있는 작은 언덕 아래에서야. 소타라는 아이와 함께 봤지."

"소타?…… 소타, 소타…… 아! 혹시 자네보단 작았지만 똑 닮은 얼굴에 항상 자네 곁을 졸졸 따라다니던 아이 아니던가?"

"그래, 맞아. 그래서 어른들이 나랑 소타를 보면 항상 쌍둥이 같다고 했었지. 아무튼 그 아이와 함께 여름날 개울에서 개구리를 잡으며 놀다가 이상한 소리에 이끌려 마을로 다시 돌아오게 됐는데, 언덕 아래에서 그것을 마주하게 된 거야. 그런데 소타는……."

"으흐흐흐."

"……? 왜 그러지?"

"하하하하. 이 사람아, 와라우사루라니! 으하하하하. 그날 자네도 봤군. 대체 누가 그 불쌍한 여자에게 와라우사루라는 해괴한 이름을 붙여줬단 말인가? 그건 와라우사루 같은 게 아니었어. 바로 소타의 어미였지! 정말 너무 재미있군. 으하하하!"

"······그게 대체 무슨 소리야?"

순간 사색이 된 나와는 달리 술에 취해 얼굴이 벌건 히로시는 흐트러진 자세로 엉거주춤하게 앉아 좀처럼 웃음을 그치지 못했어.

"흐흐흐흐······ 그래서······ 누가 그러던가? 그것이 와라우사루라고."

"······아버지가 그러셨어, 내가 그것을 보고 있으니 아버지가 쫓아와서 나를 집으로 데려가셨거든."

"하하하하······ 으하하하하! 와라우사루! 이보게 교코, 와라우사루라니, 정말 자네 아버지 답구먼!!"

뭐에 발동이 걸린 건지, 순식간에 기묘하게 바뀌어버린 히로시의 분위기에 말문이 막혀버렸어. 뭐가 저리 즐거운 건지 의문이었지. 나는 우선 저 비웃는 듯한 기분 나쁜 웃음을 멈추고 싶었어.

"자네 갑자기 왜 그래! 진정 좀 해!"

히로시는 그 순간 어린아이가 울음을 멈추듯 뚝 웃음을 멈췄는데, 그 모습은 정말 너무나 소름 끼치기까지 했지. 그러더니 그는 흔들리는 몸을 식탁을 잡고 일으켜 세우려다 그릇들을 뒤엎고 말았고, 고풍스러운 집 안 내부는 순식간에 깨진 유리와 음식들로 엉망이 되고 말았어. 그런데도 히로시는 태연하게 말했지.

"한잔 더하지, 잠시 기다리게……."

그리고 술을 가지러 가려 했고, 나는 위태로워 보이는 그를 막아 섰어.

"오늘은 여기까지만 마시도록 하자. 너무 피곤해서 말이야. 침실이 어디지? 내가 데려다줄게."

그러자 히로시는 배시시 웃으며 내 눈을 똑바로 쳐다보며 이렇게 말했지.

"……그래? 아쉽구먼. 하지만 어떻게 집주인이 손님을 들이고 먼저 잠에 들겠는가? 지금쯤이면 건물 끝 칸에 목욕물도 다 데워 놨을 테니 그곳에서 씻고, 그 바로 옆방에 잘 깔린 침구에서 자면 되네. 이런, 집 안 꼴이 엉망이 됐군……. 나는 우선 이걸 치워야겠어……. 자 얼른 가게. 닦을 것이랑 갈아입을 옷도 거기에 다 준비되어 있어."

광기라고 해도 될 정도로 과도하게 흥분했던 히로시는 다시 차분해진 모습으로 쇼지를 열고 나를 밖으로 내보냈고, 문을 닫은 뒤 사그락 소리를 내며 깨진 유리그릇을 주워 담기 시작했어. 얼떨떨한 마음으로 시선을 바깥으로 돌려 마루가 끝나는 쪽을 바라보니, 히로시가 말한 끝 방에서는 하얀 연기가 흘러나오고 있었지.

"실례합니다."

혹시 누군가가 있진 않을까 싶어 살짝 열려있는 문틈 사이로 두어 번 말해봤지만, 기다려 봐도 돌아오는 대답은 없었어. 안쪽에는 아무도 없는 듯했지.

– 스르륵.

문을 열고 들어가니 사람 네 명 정도가 들어갈 만한 넓이의 욕실에는 주황색 전구 하나만 겨우 어둠을 밝히고 있었고, 구석에는 연기가 피어오르는 적당한 크기의 나무 욕조와 부드러운 촉감의 유카타 한 벌이 그 옆에 놓여 있었어. 조금 고민하다가 옷을 벗고 꽤 무게감이 있는 욕조 덮개를 여니 욕조에는 물이 가득 채워져 있었고, 톡 쏘는 듯한 나무 냄새를 머금은 수증기가 가득 피어올랐어. 우선 물을 바가지로 퍼서 몸을 깨끗이 씻고 욕조에 들어갔는데, 오랜만에 꽤 긴 시간을 깨어 있다 보니 나도 모르게 많이 지쳤는지, 피로가 한순간에 몰려왔어. 눈을 감고 있다간 그대로 잠들어버릴 것만 같았지.

'……그러고보니, 이 목욕물은 누가 준비해 준 거지? 히로시가 직접 준비했다고 하기엔 식사 시간이 꽤 길었으니 다 식었을 테고, 아내는 아프다고 했는데. 설마 아픈 아내가 몸을 이끌고 준비를 해준 건가? 그렇다면 너무 미안한데. 아, 나를 이곳에 데려와 준 아이에 대해서도 대답을 듣지 못했네.

……이런 질문을 하는 것 자체가 실례일 수도 있는 건가. 하지만 너무 이상한 점이 많아. 사람 많은 것 빼고는 모두 가난했던 마을에서 이토록 으리으리한 집을 어떻게 세운 건지. 전기도 어떤 집은 들어와 있고, 어떤 집은 수십 년 전 그대로이고. 또 아버지가 남…….'

"자네도 역시 그 점이 있구먼."

"으어억!"

정말 심장이 멎을 뻔했어. 한참 생각에 잠겨있는데 갑자기 무겁게 내리깔린 남자의 목소리가 욕실 전체에 울렸거든. 숨을 헐떡이며 욕조를 부여잡고 소리가 난 쪽으로 시선을 돌리니, 닫아뒀던 욕실 문이 조금 열려있었고, 그 틈새로 달빛을 받아 빛나는 히로시의 하얀 얼굴이 보였어.

"……히로시이?"

"그 어깨의 점, 나도 가지고 있지……."

히로시는 틈 사이로 손을 넣어 문을 천천히 열어 벌렸고, 그러자 수증기가 전부 밖으로 빠져나가며 그의 모습이 명확하게 보이기 시작했어. 그는 나와 같이 옷 한 벌 거치지 않은 나체 상태였지. 그리고 히로시는 손가락으로 자기의 어깨를 가리키며 말했어.

"자, 봐…… 똑같지 않나?"

그의 늘어진 어깨에는 나와 똑같은 모양과 크기의 점이 있었어. 그 점은 우리 마을 사람이라면 대부분 하나씩 가지고 있던 점인데, 우리는 그것을 마을 점이라 부르기도 했지. 점이 없는 친구에겐 '너는 우리 마을 사람이 아니야!'라고 장난스레 놀리기도 했어. 하지만 저걸 왜 지금 보여주는 걸까.

"……히루우…… 시…… 에에……."

몸이 이상했어. 독한 술을 너무 마셔서인지, 피로 때문인지, 아니면 이 기묘한 냄새를 풍기는 물냄새 때문인지 허리 아래로 아무런 감각이 없었고, 얼굴과 혀도 마비된 것처럼 움직여지지 않았어. 간신히 욕조를 붙잡고 있는 팔마저 힘이 빠져버리면, 그대로 물이 가득 찬 욕조에 빨려 들어갈 것만 같았어.

"히…… 루스이…… 드…… 아…… 주어……."

나는 나를 바라보고 있는 히로시에게 필사적으로 팔을 뻗으며 도움을 요청했지만, 말은 제대로 나오질 않았고, 몸은 점점 침몰할 뿐이었어. 히로시는 문 앞에서 그런 내 모습을 웃으며 조용히 바라보고 있었지.

결국 나는 버티지 못하고 마지막 몸부림을 끝으로 물속에 빠지고 말았고, 정말 깊은 바다에 빠진 것처럼 서서히 의식은 점점 멀어져만 갔어. 하지만 숨을 쉬지 못해 고통스러운 기분이 들기보단, 오히려 편안한 기분이었지. 이후 나에겐 분명히 무슨 일이 일어났어. 글쎄, 무서운 꿈을 꾼 것일지도 모르겠네. 기억나는 게 있다면…….

나는 고요한 수면 위를 떠다니는 배에 실린 것처럼 아주 천천히, 어디론가 향하고 있었어. 주변은 몸이 조금 떨릴 정도로 추웠던 것 같은데, 잠시 후엔 몸이 뭔가로 감싸지며 따뜻해졌지. 그리고는 누군가가 나에게로 다가오더니 바로 옆에서, 마치 귀에 입을 가져다 대고 말하는 것처럼 무언가를 속삭였어.

……도쿠츠……신……님……이치로……주신……류노스케……마르……지……않는……타이세이……번식……코타……로……힘……유키츠……기록……카린……마을……마사……오……가족……노부오……안개……나기……낮……긴……허락…요시오……촌장……이부키……핏줄……소타……유대……전통……와타……루……아버지……미노루……여자……유키오……부락……다카시……번영……카즈마……부락……료……동굴……히데……안개……교……제단……아키……대물림……다이치……앞……이나기……축복……겐……저주……히로……시……

낯설고 이질적인 단어들 속에 익숙한 이름들이 하나하나 들려왔고, 그와 동시에 가위에 눌린 것처럼 온몸에 소름이 돋았어. 내 옆에 있는 사람은 누구였을까. 분명 히로시의 목소리는 아닌데, 어린 듯한 남자의 목소리, 궁금했어. 금방이라도 끊어질 것 같은 흐릿한 의식을 겨우 붙잡고 무거운 눈꺼풀을 들어 올렸지만 옆으로는 검은 책을 잡고 있는 앳된 손만 간신히 보였고, 눈은 결국 다시 감겨 잠이 들었지.

'툭, 툭.'

얼마나 시간이 흘렀을까. 이마 위로 무언가 축축한 것이 흐르는 감촉이 들었고, 조심스럽게 눈을 떠보니 나는 커다란 방 한가운데 깔린 이불에서 땀을 흘리며 누워있었어. 그런데 또 '툭' 뭔가가 이마를 때렸고, 천천히 턱을 들어 천장을 바라보니 들보(梁) 사이에 이상한 것이 있었어. 그건 분명 소리 없이 무언가를 중얼거리는 주름 가득한 사람의…… 얼굴이었지. 그런데 얼굴은 점점 기이하게 뒤틀리며 나에게 다가왔고, 이후 마치 지네처럼 수백 개의 다리가 달린 혐오스러운 인간의 몸통이 드러나기 시작했어. 여전히 그것이 무엇을 말하려고 하는지는 전혀 알 수 없었지만, 입 모양만을 봐선 이렇게 말하고 있는 듯했지.

'교오코, 치치다. 교오코, 치치다(교코, 아버지다).'

"아버…… 지?"

"교오코!"

그 순간 그 괴이한 것은 내 이름을 부르며 마루에서 벗어나 나에게로 떨어졌고, 털이 가득 나 있는 수백 개의 다리로 나를 움직이지 못하게 죄이고는 끈적이는 검붉은 토를 얼굴에 쏟아내며 나에게 파고들었어.

"교코! 치치다!"

"으아아아아아아아악!"

– 두두두두…… 스르륵!

"무슨 일인가. 교코! 자네 괜찮나?"

그때 히로시가 복도를 달려와 문을 열었고, 나에게로 다가와 내 어깨에 손을 얹었어.

"이…… 이거 놔! 나한테 손대지 마!!"

나는 히로시를 온 힘을 다해 밀어냈고, 벌떡 일어나 온몸을 더듬으며 사방을 둘러봤어. 하지만 방금 나를 덮쳤던 살덩어리 같은 건 그 어디에도 없었고, 순간 긴장이 풀려버린 나는 그 자리에서 주저앉고 말았지. 히로시는 당황하고 어이없다는 듯 옷매무새를 다듬고는 나에게 말했어.

"이것 참, 자네 대체 왜 그러는가!"

"히로시, 왜 내가 여기에서 잠든 거지? 어젯밤…… 대체 무슨 일이 있었던 거야?"

"역시 기억을 전혀 못하는구먼. 자네가 목욕하러 간 뒤 아무리 시간이 지나도 오지 않길래 가봤더니. 자네, 욕실에서 그대로 잠을 자고 있었어. 그래서 내가 둘러업고 이리로 데려왔지. 자네 덕분에 고장 난 허리가 더 들쑤시네."

'내가 욕실에서 잠이 들었다고? 그럼, 어젯밤부터 방금 전까지 있었던 일이 모두 꿈이라고?'

히로시는 여전히 이상한 것을 쳐다보는 듯한 눈빛으로 나를 바라보고 있었어. 어느 정도 상황 파악이 된 나는 우선, 히로시에게 사과했지.

"……미안해, 히로시. 사실 정말 기분이 이상한 꿈을 꾼 것 같아. 그게 너무 생생해서 말이야. 나도 모르게 실례를 했네. 정말 미안해."

"이 친구 오랜만에 고향에 오더니 땅 기운에 눌렸나 보군. 자, 다다미방으로 오게. 아침 준비가 거의 다 끝났다네."

"아, 으응…… 금방 갈 테니 먼저 가 있어 줘. 늦지 않게 갈게."

"알겠네, 자네가 입고 온 옷들은 여기에 두지. 그럼……."

히로시는 그렇게 문을 닫고 나갔고, 다시 어두워진 커다란 방에 혼자 남겨진 나는 숨을 고르며 일어나 다시 한번 천장과 주변을 살펴어.

– 짤랑짤랑.

하지만 바람에 흔들리는 후우링(풍경 종) 소리만이 밖에서 나지막이 들려올 뿐이었고 방 안에선 이질적인 기운 같은 것은 느껴지지 않았어.

"하아, 뭐가 어떻게 된 건지 전혀 모르겠어……."

이마에서부터 흐르는 땀을 손등으로 닦는데 몸 상태가 좋지 않은 건 확실한 듯했어. 온몸에선 뭔가가 빠져나간 것처럼 허한 느낌이 들었고, 다리엔 힘이 제대로 들어가질 않았어. 그리고 또 여전히 좀 어지러웠지. 여름날 더위를 먹어서 비틀거리는 사람처럼 말이야.

하지만 어제 있었던 모든 일이 꿈이 아니었다는 사실을 알아차리기까진, 그리 오랜 시간이 걸리지 않았어. 히로시가 가져다준 옷으로 갈아입고 겨우 문을 밀어 나가려는데, 방금 이마를 닦은 손등에 이상한게 묻어 있는 것이 눈에 들어왔어. 마치 피가 굳어 검은 딱지가 된 것 같은 모양이었지. 나는 쿵쾅거리는 가슴을 부여잡고 문에서 천천히 멀어져 방 한편에 놓여 있는 거울로 다가갔고, 조심스럽게 내 모습을 확인했어.

"아······ 아아······."

머리에서부터 시작해 얼굴 전체를 뒤덮은 것은 땀이 아니라 검은 물이었어. 아무리 봐도 그 괴기한 것이 내게 토해내던 것으로 생각할 수밖에 없었지. 당장 이곳을 벗어나야만 했어. 정확히 어떻게 된 건지 전혀 알 수 없었지만, 더 이상 여기에 머물렀다간 나쁜 일이 생길 것이란 것만큼은 분명했으니까. 떨리는 손으로 문을 열고 밖을 내다보니 광활하게 넓은 마당은 텅 비어 있었고 문 앞에는 내 신발이 가지런히 놓여 있었어. 나는 흉흉한 몰골을 하고 있다는 것도 잊은 채 신발을 신고 오직 나가는 일에만 집중했어. 작은 언덕을 지나니, 어머니의 유품을 두고 온 집이 보였지만, 내게 그런 것을 다시 챙기러 갈 여유 따위는 없었어.

"헉······ 허억······ 헉······."

짧지 않은 거리를 전속력으로 달리다 보니 숨이 턱끝까지 차올랐고, 폐가 찢어지는 것처럼 고통스러웠어. 하지만 도저히 멈출 수가 없었지. 시야에 들어왔던 입구가 드디어 보이기 시작했는데, 바로 앞에 있던 허름한 집의 문이 벌컥! 열리는 거야. 순간 내 머릿속은 과연 저 어두운 집에서 뭐가 나올지, 온갖 부정적인 생각으로 가득 찼어. 저기에서 뭐가 튀어나오든 이상하지 않을 것 같았지.

– 다다다다.

문을 열고 나온 것은 신발과 상의도 제대로 입지 않은 꾀죄죄한 모습의 어린아이였어. 많아 봐야 7살, 아니 5살 정도 돼 보이는 아이였지. 아이는 불완전한 뜀박질을 하며 큰 점이 나 있는 팔과 두 팔을 벌리며 내 쪽으로 달려왔고, 나는 그 모습을 가만히 바라보고 있었어.

"아버지!"

아이는 예상 외의 단어를 내뱉으며 나를 스쳐 지나갔고, 이내 뒤에서 아이의 아버지로 보이는 이의 익숙한 목소리가 들려왔어.

"여어~ 킨신, 지난밤 잘 보냈느냐?"

나는 뒤도 돌아보지 않고 그대로 다시 달려 입구를 통과했고, 탈진하기 직전까지 걸어 겨우 지나가는 택시를 타고 기차역으로 갈 수 있었어.

택시 기사님은 넋이 나간 채 사방을 살피는 내 몰골이 불쌍해 보였는지 물과 자신의 간식을 주시며, 긴장을 조금 풀어주려 하셨지.

"이렇게 외진 곳에서 손님을 태우기는 정말 오랜만이네요. 손님, 혹시 실례가 안 된다면 어디에서 오는 길인지 여쭤봐도 되겠습니까?"

"……아, 도쿠츠오바라……라는 마을 쪽입니다."

"으흠, 도쿠츠오바라는 여기에서 꽤 먼 곳인데, 설마 여기까지 걸어 나오신 겁니까?"

"예. 사정이 조금 있었습니다. 그 마을을…… 아시나요?"

"아다마다요. 도쿠츠오바라 마을은 이제 일본에서도 얼마 남지 않은 집성촌(集成村)이지 않습니까?"

"집성촌이요? 같은 성씨들끼리 모여서 사는 곳 말입니까?"

"예. 모르시는 걸 보니 그쪽 마을에서 사는 분은 아닌가 봅니다. 우리 기사들 사이에서는 도쿠츠오바라 마을에 관한 유명한 이야기가 있어서 대부분은 그 마을에 대해 알죠."

"유명한 이야기라니…… 그게 대체 뭡니까?"

"하하. 약간 괴담 같은 이야기라 저는 믿지 않습니다만, 몇 년에 한 번씩 도쿠츠오바라 마을로 향하는 택시를 타는 여자들이 있다고 합니다. 시골과는 전혀 어울리지 않는 도시의 젊은 여자들부터 사연이 가득해 보이는 중년, 주름 가득한 노년의 할머니들까지 말이죠. 그런데 말이죠. 이상하게 그곳을 향하는 사람은 있는데 나오는 사람은 없다는 겁니다. 그리고 그 마을에서 괴상하게 생긴 사람들을 봤다는 소문도 돈다고 하……."

나는 도시로 돌아오자마자 모든 상속을 포기했고, 내 주변에, 내 몸에 조금이라도 남아있는 부모님의 흔적들을 모두 지워버렸어. 하루빨리 일상으로 돌아가려고 안간힘을 썼어. 하지만 그게 잘 안됐지. 나는 그곳에 간 걸 너무나 후회해. 아버지와 어머니가 그곳에서 무슨 짓을 하셨건 나랑은 전혀 상관없는 일이야. 그래, 맞아. 나랑은 전혀 상관없는 일이잖아? 차라리 더 어릴 때 그곳에서 벗어나 어머니, 아버지의 얼굴조차 생각나지 않았으면 좋았을 걸. 소타 얼굴 같은 거 기억하지 못했으면 좋았을 텐데. 아아…… 내아이들 얼굴 사진에서 소타 얼굴이 보여. 치워야 해. 안 돼……. 몰랐어야 해. 그냥 이모부가 말씀하신 대로 장례 업체에 전화해서 수거 서비스를 신청했어야 해. 그랬다면 내가 그곳에 갈 필요가 없었겠지? 안 돼, 안 돼! 안 돼!! 그걸 왜 열었을까? 열어서는 안 됐어. 아버지는 그곳에 살아 계셨던 거야. 자꾸 아버지가 보여. 아버지가 나와 함께 있어. 아무리 후벼 파내도 지워지지 않는 이 점처럼 계속 남아있어. 온몸에 뻗어있는 핏줄에도 아버지가 흐르고 있어. 듣고 싶지 않아요. 닥쳐! 제발 제 곁에서 떠나. 나는 네 아들이 아니야. 그 입을 제발…… 다물어 줘…… 제발…… 그만…… 아…… 무슨 방법이…….

'쿄오코, 치치다.'

'쿄오코, 치치다…….'

'쿄오코, 치치다……!'

내가 태어난 마을에는 안개가 자주 끼는 산이 있었고, 그곳엔 와라우사루가 살았어.

물론 지금도, 와라우사루들이 살고 있지.

첫 번째 이야기

제1차 세계 대전 중이던 오스만 제국에서는, 빈집에 남아있는 아이들이나 부모를 잃은 아이들을 납치해 토막을 낸 후 배고픈 사람들에게 그 고기를 판매하고 있는 것을 봤다는 첩보를 듣고, 경찰이 그 부부를 체포한 적이 있었다. 실제로 부부의 자택에서는 살이 그대로 붙어있는 29인분의 나눠진 골격들이 발견되었는데, 부부는 이 사실을 처음엔 모두 자백하고 인정했지만, 판결이 난 이후 그런 적이 없다고 입장을 바꾸었다고 한다.

부부에게 내려진 판결은 사기죄, 그 이유는 회수한 고기들을 모두 수거하여 조사를 실시했지만, '골격들은 모두 인간의 것이 아닌 다른 동물들의 것이었다'라는 결과가 나왔기 때문이다.

두 번째 이야기

일부 대형 병원에는 정상으로 태어난 아이와 기형아로 태어난 아이들만 따로 분류한 방을 운영한다고 한다. 그 이유는 기형아 부모들이 정상적인 아이들과 자기 아이를 어쩔 수 없이 비교하며 볼 수밖에 없어 매우 고통스러워하기 때문이라고 한다.

그런데 이런 기형아 병동에서 일을 하게 된 간호사들의 말에 따르면, 아무리 심한 기형이 있는 아기라고 해도 익숙해지면 역시 너무나 귀엽다는 생각이 든다고 한다. 하지만 그들은 이 병동에서 오래 근무할 수는 없었다고 하는데, 그것은 그 부모들 때문이었다고 한다.

꼼지락 대는 아이를 앞에 두고 말 없이 뜨개질만 하는 아이 엄마의 그 우울함, 서로 대화조차 오가지 않는 그 처절하고 섬뜩한 좌절감이 가득한 분위기를 도저히 견딜 수 없었다고 한다.

세 번째 이야기

늑대는 마치 사람처럼 무리를 지어 다니며 함께 사냥도 하고, 희로애락을 느끼며 살아가는 무리 동물이다. 그런데 이 무리에서 벗어나 홀로 살아가는 늑대들이 있다. 이들을 외로운 늑대(Lone Wolf)라고 부른다. 그런데 오늘날엔 이 외로운 늑대를 범죄자의 한 유형을 가리키는 용어로 쓰곤 한다. 주로 경쟁 사회에서 낙오되어 열등감으로 자존감이 바닥 친 개인이, 자기와는 전혀 관계없는 타인을 살해하는 방법으로, 분노를 표출하는 단독 테러리스트들을 말한다. 외로운 늑대들은 서양 사회에서는 총기 난사, 동양 사회에서는 묻지 마 흉기 난동과 같은 모습으로 나타나는데 이 유형들은 개인이고 또 전조 증상 파악이 어려워 가장 예방하기 힘들다고 한다.

그런데 범죄 심리학 전문가들은 외로운 늑대들보다 더 심각한 존재들이 곧 출현할 거라며, 보다 더 계획적인 범죄 예방 프로그램이 만들어져야 한다고 주장한다. 그들이 경계하는 것은 바로 불행한 천재들(Unfortunate Geniuses)이다. 이들은 타고난 두뇌를 가졌지만, 여러 가지 이유로 재능을 세상에 펼치지 못한 욕구 불만자들로, 여러 분야의 전문적인 지식을 바탕으로 치밀하고 잔혹한 범행 계획을 세운다고 한다. 그중 일부는 오로지 공격만을 위한 AI 알고리즘을 개발하거나, 자기 살을 가르고 그곳에 자신이 프로그래밍한 칩을 심거나, 또는 아무런 제약이 없는 3D 프린팅 기술을 이용해 위험한 무기들을 제작하는 연습을 하기도 한다. 인터넷이라는 거대한 정보의 바다를 마치 범죄 백과사전처럼 이용하는 것이다. 이들은 현재 외로운 늑대들이 일으킨 사건들마저 모두 인터넷이나 TV로 학습하고 있기 때문에 범죄를 일으키게 된다면 더욱 더 잡히지 않을 가능성이 커 더 위험하다고 한다. 생각해 보라, 근 2년, 5년, 10년간 우리 인류가 누려온 새로운 기술의 양이 얼마나 많았는지. 앞으로는 그 속도가 몇 배로 더 빨라질 것이다.

그리고 그 속도와 비례해, 우리가 불행한 천재들을 마주하는 날도 더 빨라질 것이다.

네 번째 이야기

1950년대, 일본 가마쿠라에서 도로 확장을 위해 절 근처에 서 있는 고목을 베어내게 되었는데, 그 당시 이 나무는 절에서도 신성시하던 나무여서 승려들을 설득하는 데 꽤 많은 시간이 걸렸다고 한다. 우여곡절 끝에 절에 적지 않은 돈을 시주하는 것과 나무를 베어내기 전 승려와 건설 노동자들이 한곳에 모여 고사를 지내는 것을 조건으로 합의를 보게 되었다고 한다. 그렇게 나무를 베어내는 날이 되었고, 약속대로 의식을 치른 뒤 나무에 톱날을 가져다 대자, 몸통으로부터 진득한 수액과 함께 하얀 가루가 쉴 새 없이 쏟아져 나왔다고 한다.

이를 기이하게 여긴 인부들은 중장비를 가져와 나무를 뿌리째 뽑아내었고, 그 아래를 확인하게 되었는데 놀랍게도 나무를 파낸 곳에서는 하얗게 백골화가 된 다량의 인골들이 발견되었다고 한다. 조사 결과, 이 인골들은 모두 최소 수백 년 전의 것으로 밝혀졌는데, 너무나 오래전에 일어난 일이라 이곳에서 무슨 일이 있었는지조차 알 수가 없었다고 한다.

하지만 당시 건설 인부들은 승려들의 태도가 조금 특이했다고 기억하는데, 그들의 말에 따르면 나무에서 하얀 뼛가루가 쏟아져 나올 때에도 승려들은 모두 손을 모으고 기도하고 있었다고 한다.

다섯 번째 이야기

2013년 아일랜드에서 실제로 있었던 일이다. 아주 넓은 마당을 가진 집에서 살던 킬리안 씨는 가족사진을 찍고, 남기는 것을 너무나 좋아해 딸들이 태어났을 때부터 찍은 사진들을 모아놓은 앨범만 20권이 넘는다고 한다.

어느 날 이젠 성인이 되어버린 두 딸이 대학 진학을 위해 집을 떠나게 되어 가족은 마지막으로 저녁 식사를 했고, 잠들기 전 앨범들을 꺼내와 함께 보며 추억을 회상했다고 한다. 그런데 갑자기 작은딸이 심각해진 표정으로 "……이 사람은 누구죠?"라며 사진을 가리켰고, 이내 가족들은 모두 말이 없어졌다고 한다.

그녀가 가리킨 사진은 유년기 시절의 본인과 언니가 마당에서 뛰어노는 순간을 담은 사진이었는데, 그 뒤 3층 다락방에는 신원을 알 수 없는 민머리의 야윈 남자가 찍혀 있었다. 남자가 찍힌 사진은 그것뿐만이 아니었다. 딸이 가리킨 사진 이전에도, 이후에도 그 남자는 곳곳에 찍혀 있었다. 처음에는 매우 당황한 듯한 표정이었지만, 갈수록 대범하게 얼굴을 내비치는 등 마치 자기도 이곳에 속하고 싶다는 듯, 노골적으로 얼굴을 드러낸 사진도 발견되었다.

킬리안 씨는 조심스럽게 앨범을 덮었고, 안색이 창백해진 가족들에게 아무 일 없었다는 듯 평소처럼 호쾌한 목소리로 시내에 나가서 피자를 사 오자고 제안했다. 가족들은 아버지의 뜻을 바로 이해했고, 앨범 하나를 챙겨 차에 올랐다. 킬리안 씨는 그대로 경찰서로 향했고, 곧 심각한 사건인 것을 눈치챈 경찰은 그 즉시 경찰차 10대를 동원해 킬리안 씨의 집을 에워싸고 경찰견까지 대동해 집 안 수색에 나섰다.

경찰견은 1층에 들어서자마자 2층으로 향했고, 곧 3층 다락방 아래에서 거칠게 짖기 시작했다고 한다. 3층 다락방은 딸들이 놀이방으로 쓰던 곳이었지만, 10살 이후 부터는 2층의 각자 방을 썼기 때문에 창고로 사용해 왔다고 한다. 먼지 가득한 다락방에는 아무런 인기척이 느껴지지 않았고, 결국 모든 짐까지 들어내게 되었는데, 그때 낡은 옷장에서 무언가가 툭 떨어졌다고 한다. 그것은 킬리안 씨 가족들의 옷과 속옷으로 만들어진 작은 베개였는데, 그곳엔 분명히 누군가가 누웠던 흔적이 남아 있었다고 한다. 이후 조사에서 딸들은 충격적인 이야기를 했다.

아주 가끔 서로의 방 화장실 변기에 누군가의 대변이 있었다는 것. 그동안 딸들은 이것이 서로가 그런 건 줄 알았다는 것이다.

이 집에 누군가가 있었다는 것은 분명한 사실이었다. 자기 흔적을 남기지 않으려 모든 털을 제거한 상태의 남자가, 정확히 파악조차 할 수 없는 시간 동안 가족들의 물건과 장소를 함께 공유하며 말이다. 이 사건 이후, 킬리안 씨 가족은 아무런 미련 없이 다른 곳으로 이사를 갔다고 한다.

여섯 번째 이야기

구글 어스의 스트리트 뷰 시스템은, 살아생전 절대 가 볼 수 없는 곳의 생생한 환경을 만나볼 수 있는 최첨단 기술이다. 하지만 모두가 알다시피 보이는 이 사진 자료들은 하나하나 모두 검토(인물, 식별번호 모자이크 등)로 이뤄지는 작업물이기 때문에, 이것을 작업하는 이들은 사전에 엄격한 교육과 심사를 받는다고 한다.

하지만 이들은 서로가 누구인지, 또 어디에서 일하는지 절대 알 수 없다고 한다. 그 이유는 사생활적인 부분들과 일반인들은 절대 알아서는 안 되는 장면들이 포함된 작업물들이어서 자칫 잘못하면 검토를 거치지 않은 자료들이 외부로 노출될 수 있기 때문이다. 그리고 소문에 의하면 이 작업을 하는 직원들은 일정한 주기로 바뀌며, 프로젝트가 끝나면 항상 집중적인 정신과 상담을 받는다고 한다.

일곱 번째 이야기

캐나다 퀘벡 근처에는 아돌리에잠므라는 버려진 고성이 있다고 한다. 이 성의 주인은 여전히 미스터리로, 1920년대 초 처음 이 성을 발견했을 당시엔 성벽 한쪽이 마치 폭격을 맞은 것처럼 붕괴되어 있었고, 그곳으로 도적들이 침입해 성안의 내용물을 모두 가져가 버린 상태였다고 한다. 그런데 조금 특이했던 것은 성의 가장 구석진 곳의 기둥에 남겨져 있던 짧은 낙서였는데, 누가 봐도 어린아이가 서툰 필체로 쓴 듯한 느낌이지만 문제는 이 낙서가 기둥의 3m 정도 되는 지점에 쓰여 있었다는 점이다. 낙서의 내용은 다음과 같다.

'1878년, 구와기아가(1878, Guwagiaga).'

대체 구와기아가라는 것은 무얼 의미하는 것이었을까?

여덟 번째 이야기

기원전 3세기경에 그려졌다고는 믿을 수 없을 만큼 아주 거대하고 정교한 페루 나스카인들의 그림(나스카라인)은, 여전히 전 세계 수수께끼 중 하나이다. 이들의 그림은 각종 동물들부터 도저히 지구의 것이라고는 보이지 않는 형상의 추측조차 불가능한 존재들까지 다양한데, 전문가들조차 이것이 무엇을 뜻하는지, 정확하게 파악하지 못하고 있다고 한다.

또한 그림만큼 그들이 남긴 유물도 너무나 신비하다. 이들의 오래된 무덤에서는 현대에 사용하는 낙하산의 소재보다 훨씬 섬세하고 튼튼하게 짜여진 작물이 원형을 그대로 보존한 채 발견되었고, 항아리나 도자기에는 열기구를 타고 있는 듯한 사람이 그려 있는 것도 있다고 한다. 때문에 고대 나스카인들은 이미 오래전부터 하늘을 난 것이 아니냐는 추측까지 나오고 있는 상황이다.

과연 고대 나스카인들이 표현하고자 했던 것은 무엇이었을까?

왜 평지에서는 보이지도 않는 거대한 그림들을 수십 점씩이나 남긴 것일까?

그리고 그토록 발전한 문명은 왜, 갑자기 대가 끊겨 사라져버리고 만 것일까?

아홉 번째 이야기

'백 번째 원숭이'라는 유명한 일화가 있다.

이 내용에 따르면 어떤 무인도에서 집단으로 살고 있는 수천 마리의 원숭이 중 하나가 우연히 감자를 바닷물에 씻어 먹으면 맛있다는 것을 깨닫고 그 행위를 반복하다 보면, 다른 원숭이들도 그것을 따라 하게 된다고 한다. 그리고 그 수가 100마리가 된다면 그 무인도의 다른 지역에서 살고 있는 원숭이들도 모두 감자를 씻어 먹기 시작한다는 것이다. 하지만 이것을 주장했던 라이얼 왓슨은 추후 이것은 검증되지 않은 사실이라 고백했는데, 그의 논문을 감명 깊게 읽은 다른 학자는 사실 확인을 위해 '백 번째 원숭이' 현상이 일어나고 있다는 무인도로 직접 향했다고 한다.

그런데 그 무인도의 원숭이들은 실제로 감자를 바닷물에 씻어서 먹고 있었는데, 문제는 원숭이뿐만이 아니라 신장 1m 정도에 새하얀 피부를 가지고 털이 전혀 없는, 사람도 원숭이라고도 할 수 없는 기이한 생물체도 감자를 바닷물에 씻고 있었다고 한다.

열 번째 이야기

2004년 12월 눈이 많이 내리던 날, 후쿠오카현의 한 경찰서에 남자가 들어오더니, 피가 묻은 칼을 내려 놓으며 자신이 여자를 살해하고 산에 묻어버렸다고 자수했다고 한다. 조사 결과 실제로 남성이 말한 곳에는 여성의 시체가 있었으며, 사망 추정 시각을 고려해보니 범인은 범행 직후 자수한 것으로 밝혀졌다. 그런데 너무나 이상한 일이었다. 일부러 시신을 들고 산으로 가 매장까지 했으면서, 왜 바로 자백을 했냐는 것이다.

이에 대해 경찰은 남자를 며칠간 심문했지만, 그는 자수한 직후 묵비권을 행사하며 아무런 말도 하지 않았다고 한다. 그렇게 꽤 오랜 시간 동안 교도소에서 수감 생활을 하던 남자는 우울증에 걸려 어느날 "아무런 자극이 없는 것이 너무나 고통스럽다"라는 짧은 유서를 남기고 수감 방에서 스스로 목숨을 끊고 말았는데, 생전 그와 친하게 지내던 한 교도소 동료는 출소 후 생전 그에게서 믿기 힘든 자백 이유를 듣게 되었다고 고백했다 한다.

남자는 과거 살인하고 자랑을 하듯 인터넷 게시판에 범행 과정을 일기처럼 써 왔지만 아무도 믿어주지 않았고, 심지어 다른 익명의 유저가 그 범행은 자기가 한 것이라고 주장했다고 한다. 남자는 자신의 공로를 **빼앗긴** 것 같은 기분이 들어 화가 나 자수함으로써 공론화시킨 것이라고 했다. 경찰은 이 사실이 거짓말이길 바라며 그의 증언을 철저히 무시했는데, 실제로 2004년 이전 후쿠오카에서는 매년 10명 이상의 실종자가 발생했고, 그들 중 단 한 명도 돌아온 사람은 없었기 때문이다.

작가의 말

　공포 유튜브 채널을 개설하고 수백 개의 괴담 영상들을 제작하며 가장 크게 느낀 것은, 괴담 또한 하나의 문화처럼 나라마다 공포를 바라보는 관점이 모두 다르다는 점이었습니다.

　우리나라와 일본의 괴담을 비교해 보자면, 우리나라의 괴담 같은 경우 악한 행위를 가하는 자(귀신 또는 저주)와 당하는 자의 인과관계, 그 악한 존재가 왜, 어떻게 생기게 되었는지 비교적 명확한 편이고, 상황이 심각해질 경우 대부분은 용한 무당을 찾아가 조언을 구하는 등의 해결법을 찾고 기현상이 해결되는 경우가 많아 이야기를 끝까지 들었을 때, 마치 기승전결이 있는 이야기를 들은 것처럼 시원한 기분이 들기도 합니다.

하지만 일본 괴담의 경우 그와 반대로 악한 존재가 언제 어떻게, 그리고 또 왜 생기게 되었는지조차 모르는 경우가 많고, 희생자들은 그와 관련 없이 평범한 일상을 살아가던 A, B 등인 경우가 대부분입니다.

또한 그들은 악한 존재나 저주를 마주했을 때 직접 해결하기보다 그 미지의 것들에게 당해 "더 이상 연락이 닿지 않게 되었다" "소식은 더 이상 들려오질 않았다"라는 식으로 끝나 결말을 알 수 없는 경우가 많죠. 그렇기 때문에 우리나라 괴담과 달리 일본의 괴담은 이야기가 모두 끝나고 나서도 유독 찜찜함과 칙칙한 기분이 남는 것이 특징입니다.

또 한 가지 특이한 점은 괴담 자체가 전통처럼 세대에서 세대로 길게 이어지는 경우도 심심치 않게 볼 수 있는데, 이는 주로 도시에서 멀리 떨어진 소규모 마을과 연관된 경우가 많습니다.

산으로 둘러싸여 찾아가기도 쉽지 않은 안개 낀 폐쇄적인 마을에서 벌어지는 기이한 의식이나, 전통, 풍습 등의 헤어 나오기 힘든 늪과 같은 요소들은 저를 충분히 매료시켰습니다.

그러던 도중 섞이기 힘들 것만 같았던 한국과 일본 괴담의 특징들을 적절히 섞는다면 어떤 느낌일지 궁금해 글을 쓰게 되었고, 그렇게 최근 떠오르는 공포 장르인 '나폴리탄 규칙 괴담'을 접목한 미스터리하고 기괴한 분위기의 〈복행 마을 생활 규칙〉과 아주 오랫동안 이어져 온 마을의 괴이한 전통의 단편을 담은 〈여름의 끝자락에 아지랑이처럼 나타나 뱀처럼 움직이는 하얀 것〉 그리고 폐쇄되고 고립된 마을에서 벌어진 이야기를 다룬 〈웃는 원숭이가 사는 산〉을 집필하게 되었습니다.

부디 이 이야기를 읽으며, 여러분들의 미간이 잔뜩 찌푸려졌으면 좋겠네요.

마음껏 즐겨 주세요!